汪破窑 著

槐树湾纪事

中国文史出版社

图书在版编目（CIP）数据

槐树湾纪事 / 汪破窑著 . —— 北京 : 中国文史出版
社 , 2020.12

（跨度小说文库）

ISBN 978-7-5205-2780-4

Ⅰ.①槐… Ⅱ.①汪… Ⅲ.①小说集－中国－当代
Ⅳ.① I247

中国版本图书馆 CIP 数据核字 (2020) 第 253921 号

责任编辑：金　硕　孙　裕

出版发行	中国文史出版社
社　　址	北京市海淀区西八里庄路 69 号院　邮编 :100142
电　　话	010-81136606 81136602 81136603 81136605（发行部）
传　　真	010-81136655
印　　装	阳谷毕升印务有限公司
经　　销	全国新华书店
开　　本	650×960　1/16
印　　张	13.25
字　　数	175 千字
版　　次	2021 年 3 月北京第 1 版
印　　次	2021 年 3 月第 1 次印刷
定　　价	46.00 元

目 录

自序：我的心是忐忑的

一直盼望能出自己的书，一本接一本地出，待到真要出时，心里却莫名忐忑起来。为什么会这样呢？主要是对文学的胆怯和不自信。自己的作品会不会有人喜欢？当读者拿到这本书会不会打开，或是看上几页就弃如敝屣？一直这么纠结着，不知不觉中出了第一本，现在，又要出第二本了，那份忐忑依旧，那份惶恐犹存。

从事文字工作很久，算算已有二十年，但真正写小说也是这几年的事，数量不多，零零星星地写，零零星星地发表，也零零星星地获了一些小奖。因为工作太忙，加上腰椎骨质增生、肩颈疼痛等原因，不能久坐，无论是写长篇还是看长篇对我来说都是一种考验，于是，我爱上了中短篇小说。我为什么要写？原因很简单，我只是想写，想表达，愿意分享。也只有在写作的时候，心中的人和事才会涌上脑海，我才会忘记身体的疼痛。这种感觉非常好。这种感觉只有在写作时才能拥有，我十分享受这种感觉。我很快乐。有人说，写作是清苦的，怎么会有快乐呢？用自己的时间、自己的精力、自己的健康，甚至自己的疼痛去码字，完全是找罪受！是的，是找罪受。可是我只有在这种找罪受的过程中才能感觉到快乐。我写作、出书倒不是为了什么虚名，纯属表达的欲望，把自己的文字与更多的人一起分享。如果说选择写作是错误的，那么我愿意一错到底。

这本书名叫"槐树湾纪事"，只是虚构出这样的一个地名，并不是所有的故事都发生在槐树湾，故事或人跟槐树湾有一星半点儿的关联即可，中篇小说《入侵者》的人物来自槐树湾，大部分的故事发生在深圳。为什么如此呢？我不想为形式所累，仅此而已。

说起中短篇小说，大师太多了，精品之作也太多了。有些作品很对我的胃口，就想如果我也能写出这样有味道的作品就好了，也许穷其一生我也写不出一篇让自己满意的作品，但不满意并不代表我不喜欢，敝帚自珍，自己的孩子怎么可能会不喜欢呢?! 如果硬要分出个亲疏远近，我还是喜欢悲情一点的，比如《团年饭》，比如《出走的武生》，说到这里，我理了一下，发现我的作品大多悲情，我并不是刻意去写悲情，刻意想去触动人，只是我们的生活透着太多的无奈，我想叙述这些悲情，也想叙述这悲情中温暖的一面。也许我的文字达不到我想要的效果，但我仍然会拼尽全力去写，尽量写细，尽量地去铺张，可以清楚地看到那些人物的毛细血管和故事的脉络走向。当然，我不会写全，不会写尽，我会猛地一收，留下一点点空间。也许这样，作品会有一点点味道。在这里，也要祈求读者原谅我在文字上耍的一点雕虫小技。好了，不说了，文字已从我的指间流出，珠玉砂石还是留给读者去品吧。

阅读是一辈子的事，写作也是一辈子的事，我还得好好地阅读，好好地学习，好好地琢磨，好好地写作，对文字永远保持一颗敬畏之心，坚持不懈地学习、汲取，努力让自己的文字变得立体感人。

　　是为序。

汪破窑

2020 年 6 月 1 日于深圳

团年饭

一

时间是躲在洞里的耗子，偷偷地啃食着时光，越是离年近啃得越疯狂，让人有些害怕它逼近身来的气息。他睡不着了，几次欲起，又忍住了。他又眯了一会儿，估摸着时间差不多了，手往床头一摸，一把就攥住了那根细细的吊在半空中的灯绳，轻轻一拉，灯啪地亮了。光亮把黑暗赶到屋外，屋内亮堂堂的。他有些后悔自己这个莽撞的举动，还好，她还在熟睡。他看了看手表，六点过一点儿，窗外麻麻亮，只能看见一个模糊的影子，黑骏骏的树影在窗外摇晃，像张牙舞爪的怪物，有点瘆人，有点神秘，越发寂静无边，他听到了她细细的呼吸声。

他轻手轻脚的，一动，还是惊动了她。她翻了一下身，嘴里嘟嚷了一声。他说，醒啦？她嗯了一声。其实他一拉灯她就醒了，她只是装着没醒而已，担心他因为拉灯惊扰到她而自责。实际上她一夜不曾睡踏实过，睡睡醒醒，醒醒睡睡，有时是疼醒的，有时是想到他们要回来激动得有些睡不踏实。他轻声说，天还早着呢，你再睡一会儿，我先去采些中午要吃的青菜，洗干净，中午用。

她有些不放心，有些事不啰唆几句不行，你挑菠菜芹菜时要挑大棚最南边那一块儿，它们向阳，长得肥。她说话有些吃力，可能是侧身躺着气血不畅，对说话有影响吧。

知道了。

蒜苗和大葱要挑东边那几株大的。

好嘞。

葱把老叶子打下来，中午只用葱白，嫩一点葱叶也不要扔，留下来我们吃。

好。

上海青就挑挨着菠菜那块儿，赶大的挑，把大的挑出来了，那些小的瘦的也就长起来了。

嗯。

她叮嘱说，要多洗几遍。

他说，你放心吧，我洗它五遍，保证干干净净。

唉！她无端端地突然长长地叹了一口气，自责地说，我上辈子做了啥坏事，为啥得了这鬼病？帮不了你什么忙，还成了你的累赘。

他说，你说啥呢？人吃五谷杂粮，谁还能保证没有个三灾五病的，你不要想多了，过完年，天气暖和了就会好的。

唉！她又是一声长长的叹息。她这段时间老是想七想八的，主要是担心他，也操心着娃儿们。她常说"七十三，八十四，阎王不叫自己去"。为了更具有说服力，她还补充说，我爹就是七十三走的，过完年我就足足七十三了，我怕我过不了这个坎！

他回过头看了她一眼，有两行眼泪从她脸颊上滑落。他安慰道，你想多了，就是个腰痛，等天气暖和了就好了。他不知说些什么，说多了怕不小心说漏嘴了。他拿起床头的收音机，把灯绳一拉，灯啪地灭了。眼前一黑，好半天才恢复正常。

二

外面寒气逼人。他哆嗦了一下。天气预报说这几天有小到中雪，雪一直没有下下来，气温却比前几天要低，似乎雪马上就要来了，看架势还不小，他感觉不是小到中雪，而是中到大雪。他一直认为自己的感觉比气象台要准。

他走到回廊，打开大门，在门框边提起一只大提篮，里面放了一把窄口的镰刀。这把镰刀用了好些年了，是分田到户那年在农具站门市买的，钢火好，用了这么多年，宽扇的用成了窄扇的，那刀片窄溜溜的一小条。家里有好几把镰刀，有两把还是新买的，可他还是喜欢用这把，轻巧，锋利。菜园在院子前面，以前是块空地，堆堆柴火粪堆，十年前娃儿们不让种地了，逼着他们老两口把一块块地给了别人，闲不住的他们就在房子前后下功夫，这个小菜园是他们俩开垦出来的，刚开始土生，种什么都瘦，他把茅坑的粪便、鸡笼猪圈的粪便，拌上草、枯树叶，沤熟，撒进园子里，地活了，精神了，长出来的菜不比那些一等田的差。收音机里锣鼓阵阵，就连广告也热闹得很，有过年的气氛。他点了一支烟，烟头在黑暗中一明一灭，缭绕的烟雾在他头顶盘旋，久久不肯离去。菜叶子上面有雾水，还没有结冰。不知为啥，他总感觉到这几天的温度应该在零摄氏度以下，冷飕飕的，刺骨，手缩在袖笼子里不愿出来。密集的菜挨挨挤挤，看着喜人。菜长势太密，不好下手，他左手拨开菠菜，手一触到菜像被蛇咬了一口，猛地抖了一下，右手的镰刀趁势钻了进去，镰刀从菜与菜之间的缝隙穿过，轻轻一碰，一棵肥嘟嘟的菠菜就被挑了出来。

很快，大提篮就满了。他的手已冻得通红，像刚从地里拔出来的水灵灵的胡萝卜，只是手上的裂痕像一道道沟壑，破坏了"萝卜"的美感。菜采得有点多。她要他多采一些，自己吃一些，还有一些要给娃儿们带走。他把要带走的菜上的泥巴弄掉了，打掉老叶子，他不敢打得太狠，这样要不了多久就会蔫掉。菠菜、上海青、蒜苗、葱这些菜不禁搁，先放在回廊里，晾干水汽，再用塑料袋分别装好。白菜、萝卜、胡萝卜弄得多一些，它们没有那么娇贵，放上十天半个月一点问题都没有，如果一直是这样的天气，放上一个月、两个月也没事。白菜挑的是帮小叶阔的，这种白菜不酸，吃起来有一丝丝甜；萝卜挑的是红皮萝卜，她说红皮萝卜脆生生的，比白皮萝卜要好吃；胡萝卜没那么讲究，现在种的都是高产的，直、粗、大。

自从得了那个病，她就一直躺在床上养着。她有一种感觉，她肯定自己不仅仅是腰疾。现在干活是他一个人孤军作战，以前这些活都是她做的。他做了这么久了，到现在还有些生疏，笨手笨脚的，丢三落四的。好在有她拿主意。她时时在一旁提醒，屋里屋外的事情也算周转正常，就连走亲访友礼尚往来也未曾失了礼数。

他要把中午吃的菜提前洗好。娃儿们轻易不回来，像贵客，不能怠慢了。压水机没有以前好压了，重得很，要用很大的气力才能把压水机把儿压下去。他双手握紧压水机把儿，手上的青筋暴了出来，像条蚯蚓在手背上蠕动。前段时间压水，他一时疏忽，手从压水机把儿上滑掉了，压水机把儿往上一弹，正好弹在腮帮子上，脸肿了好几天，打那儿以后他就有些怕了，压水时一双手紧紧地握住压水机把儿，生怕它又会像一条滑溜溜的鳝鱼一样从他手里脱逃。大胶盆里装满了水，刚从水井里压出来的水还带着地温，冒着烟雾儿，洗菜要趁着这股子热气还没有散尽抓紧时间洗，水经冷空气一侵，一会儿就会变成冷冰冰的水。第一遍把菜全部泡下去，一棵一棵地洗，把泥巴渣子全部洗掉。第二遍要一片一片地洗，把夹杂的污泥给洗干净。第三遍基本上就干净了，只是水的颜色不是那么清，带着一丁点儿的菜色。第四遍水就清亮得很，会漂一点儿洗掉的叶子残片，菜是彻彻底底洗干净了。还得第五遍，要把菜全部泡在水里，让它吸足水分，等中午要用时再用笊篱捞起来，放在沙撮子（竹篾编制的箕箩）沥水。

嘀，嘀，刚才最后一响是北京时间十一点整——收音机报了时间。他觉得鸡可以杀了。他把鸡从鸡笼里抓出来，捏着两扇翅膀，扯着鸡冠，让鸡脖子仰高点，再把脖子处的毛拔掉一些，露出白白的鸡皮。刀往鸡脖子上一抹，鸡血一喷而出，正好射在准备好的小碗里。放尽血，一扔，鸡匍匐在地上蹦跶了几下，蹬了蹬腿，一会儿就不动了。此时，水也准备好了，他把烧得滚烫的水倒进搪瓷盆里，凉一会儿，让水温降下来，水太烫容易烫伤鸡皮，水温不够又不易褪毛，八十摄氏度左右为最好。毛拔净了，他斜斜地举起鸡，迎着光看，上面还有不少细细的绒毛。他打开火机，一根根地燎，直到看不到为止。这时要开膛破肚了，以前他杀鸡是从肚子处切开的，娃儿们说要从脊背上下刀，不会破坏鸡脯肉的美感，后来他就从背上剖开了。掏内脏时他小心翼翼的，生怕弄破了苦胆。把内脏一一摘下，斩鸡头，剁鸡翅，鸡脚、鸡腿全部卸掉，从鸡肘处分开，鸡脚骨用刀背敲碎，这样既好入味又方便吃。鸡肉剁成均匀的小块。两个鸡腿要整个的，到时两个孙子一人一个。往年也是这样。

三

准备贴对联了。往年是等他们回来了贴，她埋怨说，为啥子要等娃儿们回来才弄？为啥子不能先弄好呢？娃儿们那么远回来还要帮你做这做那的，难怪他们不愿回来。说过几次后他就开始自己贴了，这么些年过去了，也没把春联贴错过。糨糊是他打的，把水烧开，再把一把灰面放在锅里调，水与灰面的比例要掌握好，水多了糨子就不黏，灰面多了搅不均匀，疙疙瘩瘩的，门画、对联贴上去凸凹不平，不好看。他摸着窍门了，让他说他说不上来，但是用多少水用多少灰面他心中有数。大门口的门画要大一些，是秦叔宝和尉迟恭，谁是秦叔宝谁是尉迟恭他分不清，那几个字他也不认识，但是他知道要马头对马头，门一打开，两匹马往屋里走，门一关上，两个武将就站在门上守护着这个家。这些也是他摸索出来的。另一扇门贴的是金玉满堂的门画，一男一女两个胖娃娃，这个很好区分，两个人面对面坐着就行了，不能贴反了，两个人的脸朝外，那不是两个孩子闹情绪嘛，过年怎么可能闹情绪呢？有意见的人见了面也要道声"新年好""恭喜发财"，何况是画里的人儿。

　　路上已有人陆续从街上赶集回来了，在城里工作的，在外地打工的也大包小包地回来了，也有小车鸣着大喇叭进来了。这几年槐树湾的楼房多了，车也多了，楼房矗在那里像一件高档的皮草，闲置的时间多用的时间少；车则像那些长得好看却不会干活的俏媳妇，带出去就是个面儿。他看了看时间，快十二点了。

　　她眯着眼睛，也不知是睡着了还是没睡着。他轻声问，哎，要不要给他们打个电话，到哪儿了？要不要我去街上接他们？

　　她睁开眼睛，想了想说，不用打了，他们指不定就在路上了，你都准备好没？

　　都准备好了，弄猪蹄子火锅，简单得很，往里面加青菜就行了。

　　其他的菜也要炒几个。

　　知道。

　　门画、对联贴好了没？

　　贴好了。五千响的鞭炮我也挂在门前的榆树上了。

　　那行。我看还是先弄菜吧，不要等他们回来了再弄，着急忙慌的，你弄好了，他们一回来就吃饭。

　　他点了点头说，行，那我现在去弄？

　　她说，可以。有不会做的问我。

　　他说，好。转身进了厨房。

四

　　他轻轻地坐在妻子旁边，仔细地打量着。她眯缝着眼，好像有些睁不动，她问道，菜都弄了？

他说，弄了。

几个菜？

七个菜。

她摇了摇头，明显对这种太随意的做法表示不满意，她说，那咋行，哪有过年七个菜的！哪七个菜？

他像回答问题的小学生，扳着指头说，炸辣子鸡，蒸肉，蒸排骨，肉丝（掺青椒丝和胡萝卜丝炒的），煎鲫鱼，豆芽，糖藕片。

她说，你买的虾片没有炸一盘？还有兰花豆、花生米，都是现成的，各装一盘，你还可以炒一个滑蛋牛肉，鸡内脏呢？

他点点头说，放在厨房。

那就再弄一个剁辣椒炒鸡胗。用那个朝天椒切成小圆圈炒，朝天椒要先用油在锅里炝一下，要把辣味炝出来，鸡胗才不会腥。几个菜了？

十二个了。够了够了，还有个锅子，哪里吃得了。

吃不了也要弄，大过年的，桌上不摆满怎么行。要幸福满满。她想了想，又说，你再炒个鱼香虾仁。

他说，可以了，要这么多菜干啥，哪里吃得了。

她故意责怪道，你买了那么多菜不做，放在那里留给你一个人吃啊！

他被妻子呛得瞠目结舌，不知道说什么好，用手挠了挠头。

再炸个春卷，孩子们喜欢吃。她又问，几个了？

他又数了一下指头，说十四个了。

再弄一个糖醋带鱼、青椒炒猪肝。

他点了点头说，好。

她想了想说，再弄一个红辣椒胡萝卜炸猪肚，蒸个鸡蛋。

他有些急了，说这么多菜，哪里吃得了，剩下来的菜够我们吃到正月十五了。

她白了他一眼说，过年嘛。

他按着她说的去做。他去柜子里拿东西，有些菜不用动锅，放在盘里就可以当菜，有的要开动锅炸的，有些东西他一时半会儿做不出来，得早点儿弄。他倒不是怕麻烦，主要是怕浪费，他们一走就剩他们两个人了，剩饭剩菜不知要吃到什么时间。年年都是这样，年三十吃一顿，他们走了，剩下的菜他们一直吃到元宵节还没有吃完。她吃不了多少，这些剩菜全得靠他一个人。每次过完春节他都会长几斤肉。

有些菜他不知道怎么弄，好在有她。前些年她进城帮娃儿们带孩子，硬是逼着自己学会了好些菜，当然不能跟餐馆里的大厨比，但好歹做出来了。娃儿们常夸她做菜进步大，色香味形俱全。她知道自己的烹调水平差得远着呢。现在她不能动手，只能躺在床上当师傅，她一样一样地说，他就一样一样地做，什么菜怎么切，都是有讲究的，丝对丝、条对条、块对块、片对片。还有，什么菜用什么调料，什么时间放油，什么时间下菜，什么时间起锅，这里面讲究大着呢，他掌握不了，这些都得由她来指挥。你别说，一个人说，一个人做，这么一弄，那菜也给弄出来了，满满的一大桌子，还有几盘没地儿放，摆在其他菜上面，这样就有了层次感，显得更加丰盛了。他把酒也摆上来了，是娃儿们带回来的酒——楚瓶贡酒，七十八元一瓶，现在已经停产了，这酒在市场上很难买到，越发金贵了，不是过年他都舍不得喝。放了三个小酒盅，到时爷儿仨好好喝几盅，不是过年哪能聚得这么齐。桌上还放了一瓶可口可乐和一瓶鲜橙多，这是给媳妇孙子的。

五

她双手一撑，想坐起来。

他赶紧扶了一把，说，你行不行？

她说，能不行吗？不行也要起来，哪有过年躺在床上过的。

她头发梳了又梳，镜子照了又照，衣服也换了新的。他把沙发搬到了院子里。她可以晒晒太阳，可以靠，可以躺。她坐的时间不能太长，时间久了就会疼，她总是坐一会儿，躺一会儿，在自个儿家里没那么讲究，想咋样就咋样。沙发是娃儿们嫌款式土拉回来的，那布面已经磨得起了光，还破几个洞，也不知是他们抽烟烧的还是他抽烟烧的。这几年家里地方有些不够用了，他们不要的家具、衣服统统往回拉，堆得到处都是，扔掉吧怪可惜的，卖又没人要，送吧也不知道送给谁。以前村子里谁有旧衣服都给傻合子家了，现在傻合子过得好，每天一大早就上街了，在街上过早，要一碗热干面，就着一碗黄酒，小日子过得比谁都滋润，如今再给人家旧衣服就有点打脸了。她歪在沙发上，手不停地抚摸自己的腰。

对门傻合子家的大门上已贴上了门神，大儿子傻欢欢一大家子早早就过来了，傻欢欢娶了个哑巴，生了四个孩子，人多，热闹，很有人气。老二傻喜子也回来了，停在门口的吉利汽车不时会响一下喇叭，仿佛在大声说他在外面挣到大钱了！傻喜子一会儿上一趟街，买一瓶酱油开车出去一趟，买一瓶醋又开车出去一趟，每次出去音箱开得老大，凤凰传奇的《最炫民族风》跟着车子快速地移动，在村子上空飘荡着，那歌声传到路边的几只瞎转悠的狗的耳朵里，它们会呆神半晌，甩一甩耳朵，好似它们也在认真聆听。

她说，傻合子家的傻喜子这几年在东莞打工，混得还不错，都买上车了。唉，我们老大、老二也不知啥时买得起一辆车。

你家娃儿们是公家人，行事不能张扬，事事都要按上面的规矩来，他感慨地说，傻合子得济了，可以享福了。每当看到傻合子一大家子在一起时，他就特别羡慕傻合子。

按理说傻合子两个儿子都没有什么文化，老大傻欢欢小学没读完，老二傻喜子算是混了个初中毕业，人家一个在家里种地，一个在外面打工，不见得比谁混得差呀，你说是不是？

可不是咋的，以前还笑人家两个儿子傻不拉叽的，说人家一家子傻子，现在还不是照样挣大钱。

你小声点，让人家听到了不好。人家可不傻。

他望了她一眼说，你看傻欢欢虽说在家里，钱挣得少一点，但是在傻合子老两口身边，有个伤风感冒的随时可以过来照应一下。你的两个儿子倒好，都读了大学，是槐树湾最先考上大学的人，有文化，有本事，在城里吃"皇粮"，我看还不如人家两个傻儿子哩！他话里有揶揄的口气。

她知道他的意思，这段时间她腰疾犯了，他一个人在伺候，打电话给两个儿子，他们都说工作忙抽不开身，为此他发了好大的火，两个儿子只好请假回来照顾了几天，后又匆匆忙忙地返回去工作了。一提及此事他到现在还恼火。她笑了笑说，娃儿们都有自己的事情要做，你真想他们在你身边？真在你身边了到时你又嫌烦，挣不了钱你又会说他们书是白读了，一点出息都没有。其实，家家都有本难念的经，你只看到人家的好，没有看到人家的难处。村里人还羡慕我们呢。

她说的倒是真的。村里人挺羡慕他一家的，只是他觉得两个有"出息"的儿子并没有给家里带来什么实惠。他不想再说这些了，烦，他看了一眼时间，说，十二点都过了，要不要打个电话问一下他们到哪儿啦，还是直接到村口看看去？

她说，不要打电话催他们，说不定已经到村口了，你去看一看菜有没有凉，凉了就再热一热，那鱼凉了就不热了，他们喜欢吃鱼冻子。

他没吭声，背着双手轻轻地往村口走去。

六

"一九二九不出手，三九四九冰上走。"她近来常说，今年的年不好过，冷。想到她说的话，他顿时觉得有些冷了，心里空落落的。今年回来过年的人比往年少了许多。路上空荡荡的。他等了有一会儿了，还是没有等到那些熟悉的身影。他现在像变了个人似的，特别没有主张，他也不知为什么特别盼着娃儿们回来，眼巴巴地，迫切得很。以前他们在身边他反而不自在，娃儿们臭讲究多，还是自己过自己的好，今年不一样了，心里老是想着他们，像墙上的挂历，撕得只剩下最后一张了，就有了时光飞逝的紧迫感。

这时已经有零星的鞭炮响起来了。鞭炮像只报晓的鸡，喔地叫一声就会连成一大片，整个村子都是鞭炮声，还有孩子们的打闹声。他仿佛看到两个孙子已经来到他的身边，抱着他的大腿，央求着他去放鞭炮。

这个时间点上槐树湾的人有的已开始吃团年饭了。他们一定是堵在路上了。现在买车的人多，路还是原来的路，猪大肠一样，两辆车并排过有点困难，有时会车时双方会因互不相让而吵闹，现在应该不会了，过年了，谁不想过一个顺顺利利、和和气气的年。

村口的风不小，差一点儿把天上的太阳刮走。大路上影影绰绰地走来一个人，像一根细细的竹竿，远远看去，像他家的老二，他愣了一愣，不应该呀，老二回来也是一家三口，那人走着走着在另一个路口拐走了。路上没有一个人影儿。有几辆车开过来，每过一辆他就以为是老大的车，车里坐着大儿媳妇和孙子，他立马扬着笑脸迎上去，那车飞快从他身边开过。他挠挠头，尴尬地笑笑，老大是公家人，过年是不能开公车回来的。但是他又不死心，每来一辆车他仍会抻长脖子看。

他在路口站了一会儿，才慢慢往回走。

她躺在沙发上睡着了，很平静，也很安详。每当看到她这样一动不动地睡着，他就会心生一种不祥的感觉，他特别希望能听见她的声音，哪怕是责怪他骂他的声音也好，他特别担心她就这个样子睡着了，永远也不会醒来，每当有这个念头时，他就很害怕，赶紧走过去，听一听她还有没有呼吸声。有一次，没有听到她的呼吸声，他吓坏了，赶紧把手指伸到她的鼻子下面，她一下子睁开眼睛，说，放心，还没这么快死。他轻轻地叫了妻子一声。她激灵一下子醒了，睁着大大的眼睛，仿佛看见了满天的星光。她高兴地问，娃儿们回来了？

他生气地说，还没有呢，真是的！也不打个电话回来，现在都几点了！

她说，兴许在路上堵着。你看一下菜吧，有没有凉的，有你就再热一下。

他没有吭声，有些不耐烦了，但她说了，他不去还不行。他不情愿地走过去，看了一眼那一大桌子菜，火锅的酒精已烧干了，里面还有小气泡在翻滚，火刚灭没一阵，那些肉菜都有些凉了，有的已经浸住了，盘子的汤凝结了一层乳白色的油脂。他开始把一盘一盘冷了的菜端进厨房，放进锅里的气盘上，盖上锅盖，又往灶里添了几把柴，用吹火筒一拨，一吹，火重新燃了起来。他不打算把这些菜重新端到桌子上，万一他们还不回来，菜凉了不是又要热一遍。他挨着妻子坐下。她看了他一眼。他们都选择了缄默不语，就这么干坐了一会儿。他没有沉住气，站了起来，说我再出去看看。院子外传来了孩子们的打闹声，听声音就知道——不是他们。

这时，门外传来一阵嗵嗵的脚步声。他和她同时抻长脖子往外望去。是傻合子。傻合子人没进屋就吆喝上了，二哥，怎么还不吃饭呀，娃子们还没有回来？

他沉着脸没有说话。她接过话茬儿，笑着说，可能堵在路上了吧。

傻合子嘿嘿笑着说，现在路不好走，到处都是车，听我家喜子说，高速路都堵死了，现在的车真多，我让喜子不要买车不要买车，他偏不听，现在好了，有车了，还没有我走路快呢。傻合子说得很大声，掩饰不住内心的兴奋。

她说，可不是咋的，现在的车多了，路却不见扩宽一分。

傻合子往堂屋里看了看。

他气呼呼地说，没回来，一个都没有回来！

傻合子又嘿嘿干笑了两声，得意地说，哦，二哥，我家老二把女朋友带回来了，椅子不够用，来你家借两把椅子。

她眉毛挑了一挑说，傻喜子行啊，把女朋友都带回来了。哪里的？

傻合子高兴得合不拢嘴，忙说，贵州的贵州的，唉，说他他不听，谈个那么远的，以后走个亲戚都麻烦。

她说，那你管不了喽，现在在外面打工的个个都谈得远，后头的小六子谈了个广西的，听说都显怀了，过完年就得结婚。

傻合子呵呵笑着。

她迟疑地说，椅子倒是可以借，就怕我家娃儿们回来了椅子也不够用。

傻合子说，他们回来了你喊一声，我立马给你送过来。

他硬硬地说，谁知道他们回不回来，你看中哪把端哪把吧。

傻合子笑了笑说，过年嘛，肯定要回来，你们老两口先嗑一会儿瓜子，保证要不了十分钟就回来了。

她咧嘴笑了一笑，说，那是的，那是的。

七

他蹲在大门口抽烟。这时传来了电话振动声和巨大的铃声。他立马往屋里跑，电话在桌子上吃力地颤动着，发出振动桌面的"呜呜"声，他拿起电话往她那里走。他把电话递给妻子，说，哎，是老大打来的。她接过电话，里面传来大儿子的声音。妈，市领导要来单位检查工作，慰问我们值班人员，到现在还没有到，我们还在等，中午我们就不回来吃饭了。她很失落地"哦"了一声，心里埋怨这领导也是的，早不检查晚不检查，偏偏年三十来检查，过年也不让人好好过。她说，我们还是等等吧，等领导检查完了，你们再回来。

好吧，我看一下情况。

老大的电话刚挂，老二的电话也打回来了。还是她接的电话。家里有了这个不成文的规定，所有电话都是打给她的，他接电话也不知说什么，往往没说两句就把电话递给她。老二说，妈，我们可能不能回来过年了，中巴堵在桥上了，动不了，现在想回回不来，想回去也回不去，车卡在桥中间动不了。

她急切地问，那咋弄呢？

老二说，不知道呀，都还在车上等，万一不行只能下车往回走了。

她说，那要走到啥时候？

老二解释说，不是往槐树湾走，我是说往我们家里回。

老二说的"我们家"是指他在城里的家，她"哦"了一声。

老二又说，到时我再看吧，如果下午路通了我们再打个"麻木"（三轮摩托车）回来。

她眼睛亮了一下，连说，好好，你跟你大哥联系一下，下午一起回来。

老二问，大哥也没有回来？

她说，你大哥说市里的什么官要来检查慰问啥的，唉，害得我娃儿过年都过不好。

老二说，那就没办法了，领导来了他肯定不能走，怎么说他在单位也是个领导，肯定要在的。

八

菜已经没有刚起锅时那么好看了，肉菜都浸到了，春卷有点发黑，焦黄焦黄的，刚炸起来是金黄的，不知什么原因现在变成了这个色了，也不知两个孙子回来喜不喜欢吃。想到两个孙子，她就开心，两个孙子长得都很排场，城里的娃娃跟乡下的娃娃还是不一样的，从衣着、从眉眼、从说话、从动作，处处都比乡下的娃娃要大方得体。她把手伸进了怀里，兜里的那两个红包还在，焐得热乎乎的，一个一千元，这是她为两个孙子准备的压岁钱，她每年都要准备。两个孙子平时要上学，回来一趟不容易，两个孙子跟她没在一起，显得有一些生分，喊人不主动。大人说，哎，怎么不喊奶奶呀！奶奶。每次都是这样，大人叫喊两个孩子才喊。尽管这样，她还是很开心，只要能看见两个孙子就开心。她耷拉着脑袋，又把手伸进了怀里，幽幽地说，两个孙子不回来，我的红包都送不出去了。她一脸的沮丧。他带着讥诮的味道说，你呀，什么时候都惦记着别人。他还想说点什么，想了想，忍住了。他往常是不爱说话，一说话就重，像油锅里的辣椒，现在却很少说重话了。她撇了撇嘴，笑了笑说，下午，下午他们就会回来的。说着说着声音就变小了，她以前曾为一些鸡毛蒜皮的琐事而日复一日地在他耳边唠叨，现在她提不起兴趣了，犯困，浑身乏力，嘴里咕哝一下就没有了声响。

又是一阵沉默。半晌，她才说，把菜热一热，我们吃吧。那些菜不要动，等他们都回来了晚上吃。

他说，好。

菜热了，酒也倒了，他给妻子也倒了一杯。

他说，我把门前的那挂鞭放了吧。

她看了看一大桌子的菜，嗫嚅地说，放……放吧！她的嘴唇开始战抖起来，像小孩子抽泣时抖动着嘴唇。

他长吁了一口气，出去了。门外传来一阵噼里啪啦的鞭炮声，那浓浓的烟雾飘到院子里了。五千响！就是不一样！响了好一阵才停下来。

他和妻子坐在一张小茶几边，上面放着一小碟臭豆腐，一碗腌雪里蕻，雪里蕻上面放了两个焦黄的春卷，还有一盘肉丝，里面的青椒丝胡萝卜丝还是那么好看。她看了堂屋中央那张大圆桌，上面摆满了菜，她又看了看他，默默地说，吃饭吧。她表情那么恬淡，仿佛一家人聚齐了，正围拢在大圆桌上一起吃团年饭。

他说，好。

火锅的酒精燃烧着，跳跃的火苗像一条舌头，不停地舔着锅底，有时舌头还会伸到锅底外沿上，像个调皮的孩子，一闪又躲了回去，酒精偶尔还会噼啪响一下。火锅里的汤沸腾着，咕嘟咕嘟地响。他们默默地吃着属于他们两个人的团年饭。半晌都没有说话，房间里很安静，能听到彼此咀嚼的声音。突然，外面又传来一阵阵的鞭炮声。过后，又静了下来。

天色骤然间昏暗了，异常安谧，他扭头往外望去，不知什么时候下起了雪。鹅毛一般的雪，无声无息地在空中打着转儿。地上积了一点儿白了。他吸了一口冷气说，好大的一朵一朵的雪啊！天气预报报的是小雪，这哪里是小雪，分明是大雪嘛。等一会儿我把火盆生起来，晚上看联欢晚会不冷，看赵本山的小品。她喜欢看赵本山、宋丹丹的小品。

她没有应声。

他回过头来，看见她闭着眼睛，嘴里含着一口饭，睡着了一样。

入侵者

一

打开窗帘的一刹那,阳光扑食进来,昏暗夺路而逃,只剩下来不及逃走的微尘在光影里躲闪。天已大亮。窗外依旧熙熙攘攘,各色人等为名利来去匆匆。世俗的东西一如房间的微尘,终归化为乌有。可谁又能离开这些世俗的东西呢?杨永安觉得自己何尝不是这样呢?这段时间,杨永安像吃了生萝卜,辣得心浮气躁,有万千只蚂蚁在表皮里爬,用手挠却找不到地方下手。身体方面出了问题?按理说没有这个可能,能吃能喝能睡,半个月前单位才组织的体验,除双肾小结石、包皮过长、甘油三酯升高、总胆固醇升高、肥胖超重外,其他方面都还算正常,他问了几个同事,他有的他们也有,他没有的他们也有,再说了,他这个年龄的男人如同一辆破旧的汽车,憋足劲儿地跑了这么多年,一些部件出点小状况也甚是正常。既然甚是正常,也总得找出"病灶",这样才能防止车子在半途中熄火。那是哪方面出了问题呢?杨永安百思不得其解。人就是这样，一旦心里挂着这个事儿就整天想解答这个问题，就像小学生没有完成老师布置的作业心里一直揪着不放。吕莉呢？屋里也没有影儿，抬起手臂一看，九点多了，应该是送女儿学钢琴了。多多很争气，钢琴已达到业余五级。业余五级是个什么水平？他也搞不懂，反正他认为多多弹得不怎么样，类似于小时候乡下村头那家弹棉花的，"当当勾""当当勾"响个不停，但是他却不敢这样说，吕莉骂他倒无所谓，这也很正常，这么多年，习惯了，普通人家的生活都是琐琐碎碎的，磕磕碰碰的。他不说——主要是怕伤了女儿的心。他心里清楚，这些所谓的考级都是骗人的，这些培训机构跟医院一样，总会想出一些为你好、为你着想的冠冕堂皇的理由，让你心甘情愿地拿出钱来。

他往洗手间走去，刚进去吓了一跳，他赶紧原路退回，忙乱中撞到了门框，洗手间传来嫂子"哧哧"的笑声。她又没有闩门，嫂子来这里已有一段时间了，仍改不了上洗手间不关门的习惯，最让他受不了的是她大便后经常忘记冲水。他有些恼，火又不敢发出来，冲着洗手间说，嫂子，跟你说过好多次了，叫你上洗手间把门关上，把门关上，你就是不听，排气扇也不打开。嫂子像是在用力排大便，嘴里发出"哼哼"声，随后一句满不在乎的话伴着那股子熟悉的臭味从洗手间飘了出来，就是你们城里人臭讲究，我们农村人上厕所都是往茅坑一蹲就屙，那里有这么多讲究。接着是嫂子按动冲水的声音，"哗"的一声，就没声了。杨永安知道嫂子只是轻轻按了一下，可能还没有完全冲干净，不禁皱起了眉头说，你不关门，我进来看见了多尴尬呀。嫂子提着裤子出来，边走边说，尴尬啥，蹲在那里能看见啥，我不在乎你倒在乎起来了。他像犯了错，支支吾吾地说，你以后还是把门关上吧，排气扇打开，这样臭味就不会漫到房间里来。嫂子加重了声音说，就你们这些城里人臭讲究，臭，这臭那臭的，这屎在我们农村可是好东西，种菜上它菜长得可肥壮了。嫂子说着不由得笑了。他知道再说什么也没有用，也不能说得太重，这样只会把自己的心情搞得更糟，也会让嫂子不开心，他深深地呼出一口气，没有再说什么。他往洗手间走去，却发现刚才那一阵的尿急已消失得无影无踪。

他怔了一会儿，洗脸，刷牙，然后向餐厅走去。

往常，他的早餐都是由吕莉打理。他的早餐很简单，吕莉从冰箱里拿什么他吃什么，当然早餐还是以牛奶和面包为主，看似简单的早餐却只能由吕莉来操持，他弄不了，喝什么牌子的牛奶，吃哪一种面包，这些都是有讲究的，他搞不清楚，吕莉说过很多次他总是记不住。吕莉骂他装傻。他辩解说，喝哪个牛奶不一样，吃哪个面包不是填饱肚子。吕莉讲得一套一套的，那当然不一样了，你喝的牛奶所含的成分与多多的不一样，多多的牛奶成分是成长型的，你的则是巩固型的，这都是根据你的年龄、身体状况、环境、气候等因素来决定的，比如说你喝的这个牛奶吧，就是属于巩固型的，就是要把你身体内的养分固定好，你这个年龄，身体内的营养容易流失，喝了它就可以防止你身体里的营养成分流失，这样你就不容易骨质疏松呀，耳鸣呀，腰膝酸软呀。吕莉这段时间迷上了看养生节目，像一个老中医，说起这方面的知识来一套一套的。吕莉说了百十遍了，他仍然记不住，吕莉拿他也没办法，只好把要吃的拿出来放在他吃饭所坐的位置处，但是开吃前他仍要问一下，等确定后再吃。吕莉骂他老年痴呆、脑瘫。脑瘫倒是不存在，他有这个自信，但是他有点怀疑自己是不是有点老年痴呆。吕莉的分析具有科学成分，又有说笑的成分，很有说服力。她说，从年龄上看，老年虽然还谈不上，但是痴呆基本可以确定了，主要表现是健忘、嗜睡、腰膝酸软、夜间尿频等，这些你是不是都有？他想，可不是嘛，说得好好的事他转过身就能忘记。

他看到餐桌上什么也没有。他想了想，确定他没有吃早餐。吕莉没有给他准备早餐，他有些不太习惯，这么多年一直有吕莉打理，在生活上他就是一个衣来伸手、饭来张口的人，基本上是个废人，什么也不会，就连吃什么也不知道。厨案上什么也没有。他打开冰箱，一股子寒气扑过来，不禁倒吸了一口气。冰箱里塞得满满的，但是没有他想吃的东西，辣鸡翅呀辣条呀薯片呀一大堆，还有一些不知道是什么东西，这些都是吕莉所说的垃圾食品，她从来没有给多多买过。这些是杨梓豪、杨梓桐买的，这两孩子就喜欢吃这些乱七八糟的东西。他往次居室看了看，杨梓桐早就醒了，人软塌塌地靠在床头，双手捧着手机划个不停。这孩子整天就知道划手机，没有一刻闲着，没见她下过几次床，初来那几天他还说，后来就不说了，说了她根本不听，眼一翻，一脸的不高兴。不说是不说，他看着心里就堵得慌。书房的榻榻米上鼾声正浓，杨梓豪还在与周公约会。这孩子他也服了，白天能睡一整天，到了晚上精神抖擞，浑身有发泄不完的精力，游戏一打就是一个通宵，他一直生活在与别人相反的时间里，这样的作息习惯到了美国不用调时差。他知道现在的年轻人都是这样，跟人基本没有交流，有话通过微信，难道这就是他们这代人与这一代人的代沟？他看了这两个人，心就烦了，心里说我收拾不了你们我还收拾不了自己？他赶紧收拾自己，穿好衣服，梳好头，拿上钥匙、钱包、手机，换上鞋出门。

刚出小区，他突然觉得不对头，老感觉身上少了什么，摸了摸裤袋，他发现没有手机，身上几个口袋都摸了，没有，拉开钱包的拉链，几张卡、钱都在，手机去哪儿啦？想了想，记得拿了呀，怎么不见了呢？接着脑门子上沁出了一层密密的细汗，他抹了一把汗，笑了笑，不就是手机嘛，至于这样吗？可是转念一想，这年头还真离不开手机，钱呀卡呀之类的可以不带，但手机却不能没有，有了一部手机什么都有了，红包转账、银行卡信用卡还款什么的都有，太先进了，他只要手上有了这部华为 P20，走遍全国都不怕，一分钟没有摸到手机人就没有了底气，像有烟瘾的人兜里时刻得备有烟和打火机。他转身回去，打开门一看，手机正安静地躺在鞋柜上面。是他出门换鞋时随手把手机放在了鞋柜上。他暗骂自己"老年痴呆"。手机上一个绿色的小点闪个不停，他关上门，走进电梯，划开手机一看，两个未接来电，都是吕莉打来的。回拨过去，通了，却没有声音，他喂了半天仍没有回音，便挂断了电话，出了电梯手机又响了，是吕莉。

吕莉生气地说，你这个人怎么回事？打你电话你不接，打我电话你又不说话。

手机刚才掉家里了，我给你打过去，正好在电梯里，没有信号吧。

电梯里打什么电话。神经！

不是看你打了电话，赶紧回你嘛。

神经！

你打我电话啥事？

天虹商场店庆大酬宾，服装类商品全部打五折……

你买就是了，跟我说啥。

嫂子她们不是过来了嘛，这段时间一直忙，也没有时间陪她们，要不叫她们出来逛逛，给你嫂子买几件衣服，给你侄子侄女买几件衣服，给你老爸买几件衣服？

吕莉一口一个"你嫂子""你侄子侄女""你老爸"，这就是分别，你这边的就是你的，她那边的就是她的，泾渭分明。杨永安说，是你想给你自己买几件衣服吧！

吕莉生气了，说，狗咬吕洞宾——不识好人心。

行行，你要买就买吧，我还能拦着你？你约他们出来就是了。我乖乖呢？

我乖乖呢，嘴甜心苦！你说呢？净问一些废话！娃子当然在学钢琴呀，你中午在不在屋里吃？不在我就不做你的饭，不要我弄了你又不回来！

随便！

随便我就当你不回来。

随便！

二

杨永安挂了电话。看着四周人来人往，一周最热闹的时间已来临，人们都出来了，与汽车一起排放 CO、PM、HC+NOx，试图吸收最清新的 O_2，倒是路边的绿化植物郁郁葱葱，他突然间不知道该往哪里走，在路上发了一会儿呆，漫无目的地向前走去。

他很自然地掏出了手机，右手食指飞快地划动通讯录，无意中手指触碰到了"郑局"，电话呼啦就拨出去了，他怔了一下想挂掉，那边已传来了郑局的声音了。

郑局真名"郑善成"。两人是同事，都在单位写材料，真正的身份却是没有编制的"临时工"，用他们自己的说法都是耍笔杆子，一辈子只能为他人作嫁衣。杨永安曾和他在同一个部门共事了三年，那时两人不是很和谐，有点明争暗斗的意思，后来他调到了现在这个单位，两人关系反倒好了一些，经常保持电话上的联系。郑局性格豪爽，人也有趣，就是口无遮拦，爱开玩笑，三句话不离本行，最爱在女人面前开性方面的玩笑。有人说，能写的不一定会说，会说的不一定能写。郑局则不然，他写的材料在整个区是出了名的，口才也好，随便扯出个话题就可以滔滔不绝地讲上几个小时，各种你想象不到的段子会不经意间从他嘴里跑出来，会让你捧腹，很多人控制不住自己，勉强憋在心里或是散场后大笑，"受不了受不了，郑局他妈的太有才了，这样的话也讲得出来"。郑局的饭局从未断过，有好些饭局纯粹就是为了听他吹牛而设的，当然也有很多求他帮忙而设的饭局。杨永安一向不喜欢参加这种可有可无的饭局，一点儿意思也没有，纯粹是为吹牛而吹牛的饭局，纯粹是为喝酒而喝酒的饭局，他甚至认为那是相当低级趣味的。既然电话已拨通了，他也只能寒暄几句，再说总得找个地方吃饭吧，早餐没吃肚皮一直在抗议，如果中午再不吃那就不是抗议而是要起义了。

郑局请过他好多次，他次次都未赴约。郑局接到他的电话很是兴奋，好像他们有好几年没有见面了。郑局扯着嗓门说，永安，我还以为被你拉入黑名单了呢，能接到你的电话我真是受宠若惊，说真的，比接到我们老板表扬的电话还要激动。哥，有啥关照的你说话。

杨永安有些不好意思开口，怔了一会儿，支支吾吾地说，老婆不在家，没地方去，看你有没有什么安排，跟着你混碗饭吃。杨永安为自己撒谎而脸红，好在电话那一头的郑局根本看不到他现在的表情。

有，有，怎么没有呢？哥，你说你是想吃粤菜还是湘菜，地方你定，我来安排。

他也不知道吃什么好，随口问道，你有什么地方推荐？

倒是有一个地方的菜很有特色，只是装修一般，是个小酒店，怕你嫌弃。

嫌弃啥，就是吃个饭而已。

那行，马山头那里有一家"湘菜王"，那里的菜还是很有特色的，食材都是老板从湖南老家运过来的，像烧鸡公呀，红焖竹鼠呀，平江火焙鱼呀，湘西酸肉呀，腊肉烟笋呀，做得很地道。

呵呵，郑局现在已经是一个正宗的美食家了，随口就说出这么多菜来。

哈哈。电话传来郑局爽朗的笑声。

能得到你的肯定那绝对杠杠的。我听你安排。

哈哈！那好，你在哪儿？我过来接你。

我在金辉路口等你，对，对，要不我发个定位给你吧。

到了酒店，杨永安一看有几个熟人，小连哥、水哥、兵哥，都是一个大院工作的同事，还有几个没有见过，从形象上看就知道是郑局找来买单的人。这次他让在场的人见识了他的酒量，这也是他在这些人面前第一次喝酒，他喝酒都是豪华版的，高脚红酒杯，倒满，举起来，一句"你随意我干了"，一口气干完。整套流程行云流水，干脆利落。他一个文质彬彬的人都喝了谁还会随意呀，就是真想随意郑局也不会同意。我靠！你可是从来不喝酒啊，高手哇，隐藏得好深啊！杨永安微微一笑，举起杯敬郑局，郑局吓坏了，永安，悠着点，分三次，分三次喝。郑局并不是真的怕他，只是从没有见他喝过酒，怕他喝醉了。他没有理会，一张嘴一仰脖，一满杯红酒咕嘟咕嘟下去了。一个从来不喝酒的人这样放开了喝，的确让人有点瘆得慌。郑局有点怕，忙给小连哥、水哥、兵哥几个人递眼色，让他们劝住杨永安，他们也难得遇见喝酒这么豪爽的人，岂肯放过，他们不但不劝他少喝点反而拼命了地劝他多喝。

那顿酒从中午十二点开始，一直喝到下午五点，六支红酒全部喝光，又喝了两支三斤装的洋酒，店老板还送了两斤土炮，兵哥不胜酒力已现场直播，杨永安好久没有这么畅快地喝酒了，酒也喝差不多了，跑到洗手间抠了半天也没有吐出来，脸和脖子憋得通红。

几个人喝了一会儿茶水，又裹挟着杨永安去幸福人间夜总会搞下半场。一个妈咪进来问要不要几个公主陪酒，郑局一挥手说，要，把你这里最漂亮的全部给老子叫上来。妈咪高兴地说，好嘞，立马从门外叫来一大群美女，房间不够站，排成一长溜还拐了个弯儿。郑局一定要给杨永安安排一个，杨永安拼命说不要，郑局硬是帮他点了一个美女作陪。美女一上来就往他身上靠，嗲嗲地问，老板，我叫小小，老板怎么称呼呀？在哪里发财呀？郑局怕他说漏嘴了，忙说，他呀，大老板，开电子厂的，华为知道不，小米知道不，都找他供货，叫安哥叫安哥。小小又往他身上靠了靠，嗲嗲地喊安哥，举着杯子敬酒。杨永安听了浑身发麻，身子往后靠，小小又把高耸的胸脯压过来，酒水洒出来，正好洒在杨永安的裤裆处，小小伸手过来擦，并把他下面捏了一下，杨永安吓坏了，忙用手挡开她的手，忙说不碍事不碍事。衣服湿一点也没什么，他没有计较，但是他却怕跟一个陌生的女人挨得太近。他想支开那女的，就说美女帮我点首歌吧。小小又嗲嗲地说，安哥，你要点什么歌嘛，《选择》？《心雨》？他说王杰的《安妮》。那天晚上再次让郑局他们见识了他的歌喉，郑局一直认为自己的歌唱得好，他万万没有想到杨永安的歌唱得堪比原唱，这真是出人意料，让他对杨永安刮目相看。小小含情脉脉地看着杨永安，她认为歌就是唱给她听的，不知是被他优美的歌喉感动了还是被这优美的歌词感动了，那双眼睛一直盯着他看，眼眶内泪水打转，差一点儿就要流出来。

郑局到哪里都是主角，怎能甘居人后，他在杨永安唱完后大声叫"好"并站起来鼓掌，他拿着话筒正欲唱他点的歌时，却放出了另一首歌的旋律，那是小连哥的《北国之春》："亭亭白桦，悠悠碧空，微微南来风，木兰花开山岗上，北国的春天。啊，北国之春已来临，城里不知季节变换，不知季节已变换，妈妈从家乡寄来包裹，送来寒衣御严冬，故乡啊故乡，我的故乡，何时能回你怀中……"郑局心里多少有点不爽，但是他仍在心里暗自赞叹，别看小连哥已是六十几岁的人了，但是他的中气足啊！震得他耳膜发颤，他甚至觉得小连哥再用几分力就会像电视里放的大内高手一样可以把房间里的杯子震碎。那几个美女在一旁鼓掌叫好。小连哥的歌一唱完，马上就被郑局切换成《军中绿花》："寒风飘飘落叶，军队是一朵绿花，亲爱的战友你不要想家，不要想妈妈……故乡有位好姑娘，我时常梦见她，军中的男儿也有情，也愿伴你走天涯。"郑局唱歌时神采飞扬，手上的动作也没有停过，肢体语言相当丰富，声情并茂。唱完后，他把话筒放在茶几上，然后"啪"地朝大家一个立正，敬礼，仿佛又回到了昔日的军营。大家没有想到他会搞这么一招，吓了一跳，但被他这样一弄，气氛马上就上来了，叫好声、尖叫声、掌声不断。

郑局以前当过兵，因为个子高大被团长选上当警卫员。在退伍那一年他入了党。

谁也料想不到，郑局会离开家乡来南方打工，而且七混八搞地竟然进了政府打工。不管怎么说，郑局的材料是公认写得好，当然牛也是吹得顶呱呱的，在外面混得人模狗样的，十几年下来，买了房买了车，算是在这个地方扎下了根，创下了基业。

杨永安早就听说过郑局的大名，却不屑与之为伍，但他怎么也想不到，一次工作调动后，他们会在一个单位共事，并且都在办公室工作。两人性格迥然不同，可谓一文一武，一柔一刚，犹如车之两轮，鸟之双翼，一时间把单位的材料工作搞得像模像样，很多单位派人过来学习取经。其实，杨永安与郑局表面上客客气气，私下里却是一种竞争的关系。两人跟的不是一个领导，杨永安的领导是"一把手"，称为"曾大"；而郑局跟的领导是"二把手"，称为"吴二"。两人各写各的材料，但文人相轻自古而然，两人在内心深处较着劲，明争暗斗了好几年。郑局曾当着众人的面说，一山不容二虎，有他杨永安就没我郑局，我们两人必须有一个人离开这里。后来，曾大高升，去了另一个单位，也带走了杨永安。吴二升为"一把手",变成了"吴大",郑局则理所当然地坐上了这个单位写材料的"头把交椅",组织部门下发的文件写的是"综合组组长",他们对外称"办公室主任",郑局却不,他一直称自己"郑局"。有一次几个民工过来上访,吵着闹着要见领导,一大帮人拦不住,局长吴大躲在办公室不敢出来。这时郑局挺身而出,大吼一声,吵什么,你们干什么!不要干扰我们正常的办公秩序,有什么事跟我说。那几个民工一看他高高大大,也不知底细,气势先去了半头,怏怏地说我们不找你,我们找领导。郑局说,我就是领导。那几个民工半信半疑,看了看墙上执法人员监督岗,又看了看他,声音壮了几分,说,你是领导墙上怎么没有你的相片?郑局一拍胸脯,大声说,老子堂堂的局长,还用得着把相片挂在这里吗?!那几个民工一听他是局长,说话声音立马弱了,变得客气起来。真正的局长——"吴大"躲在屋里笑得肚子疼,那几个民工走后,同事们笑得直捂肚子。从此以后,郑局开始以"郑局"自居,就连吴大见了他也"恭恭敬敬"地叫他"郑局"。

杨永安没有想到他的面子有这么大,他只是一时起意,无意中错拨了电话而已,而郑局却给他安排了这么豪华的 Party,让他更没有想到的是郑局会再次与他成为同事,还占了他的位置。

三

杨永安得到小道消息,曾大将荣升到市里工作,他知道,小道消息一出来组织部门很快就会以正式文件来证实小道消息的准确性。果不其然,消息来得很快。曾大跟他聊了这个问题,聊的中心思想就是因为他的身份性质所限就不能跟过去了。曾大无不遗憾地说，我们俩的缘分尽了，如果你是公务员或是职员的话，跟我过去就没有问题，就是你不想跟过去，以你的能力我也可以安排一个合适的位置，起码也是一个主任科员。唉！目前来看你要韬光养晦，且不可争一时之气。老领导好像话里有话，欲言又止，一副想说没有说完的样子。两人又谈了这几年的相互搀扶携手共进的经历，感慨唏嘘了一阵。

接替老领导位置的人杨永安也认识，是吴大。吴大这几年是亦步亦趋地跟着曾大走，基本上是一直在接曾大的班。让杨永安意想不到的是，吴大来了第一件事就是调整岗位，办公室由郑局接管，杨永安被调到了案审室任组长，看起来是平调，明眼人一眼就能看出个所以然。案审室是清水衙门不说，关键是一个被边缘化的部门，里面安排的都是一些老弱病残和一些没有文化、没有能力的关系户，以中老年妇女居多，个个都不好管，都是晚来早退或是周一开例会时出现一下后就没有踪影的人，一叫她们做工作就说这个我不会哟，你不要叫我做；如果你说不会可以学呀，她立马说我一个快要退休的人了，学这个干什么！好在这个部门没有多少事，忙起来也够杨永安一个人应付，在忙的部门干过，这点活就不在话下了，杨永安有时闲得心里发毛。

闲下来了，杨永安才想起老领导对他讲了一通语重心长的话的深意，老领导没有说出来的话也许就是在暗示他的位置将会调整。说实在的，原来的位置也不是一个多么好的位置，活是干不完的，一个接着一个来，唯一带来的实惠就是外面的人会给几分面子。毕竟是单位的枢纽机关，上传下达，一些重要的信息也是他们最先获知，跟领导走得近，给领导送礼也得为他们准备一份，除此之外好像也没有什么特别荣光的事了。杨永安倒是心安理得，大有"不患位之不尊，而患德之不崇"的意思。

有意思的是，同事们为他抱屈，大有伸张正义之感，就连那些以前对他还有一点意见的同事，也突然对他好了起来，现在他调到另外一个科室了，他们好像舍不得似的，见了他格外地亲，有说不完的话，当然说来说去无非是说他的好、郑局的不好。郑局怎么不好啦？架子大，口气大，只看上不看下，只会叫我们干活，从来不管我们的死活，不懂得心疼人照顾人。也许人就是这么贱，在一起的时候横挑鼻子竖挑眼，分开了又甚是想念，念他的好，念他的友善，念他的能力，念他的亲力亲为，就差"想念你的吻，想念你的笑，想念你白色袜子和身上的味道"。现在说这话又有什么用呢？时光不会倒流，他也不可能再调回来了，就算调他回来他也不会回来了，一是面子问题，二是好马不吃回头草。如果因为工作岗位调动而把大家的关系搞得和睦起来岂不是一件快事！经过这么多年的拼搏，经历这么多的事情，特别是看到曾大明升暗降的失落感，杨永安仿佛一下子醒悟了，看透了，看穿了，看淡了，对工作上的这些事情不感兴趣，上班就是在案审室里看案件，一件件地梳理，一件件地整理，领导对哪一宗案件感兴趣就拿那宗案件给领导看，没事就扎在办公室里，听那几个关系户讲三姑六婆的闲话，讲婆婆小姑子的刁钻刻薄，讲张家长李家短，王家的婆娘不洗脸，瘸腿的公鸡蹦得远，他只是静静地听，像没听见一样，没事翻一翻报，看一看花边新闻，看一看狗血八卦，碰上了那些爱嚼舌头的老同事也是能躲即躲，实在躲不了，也只是点一个头微微一笑，侧身过去。

有些同事看出了他的变化，怕他抑郁了，怕他想不开，有的主动来开导他，对于同事的好意他也只是笑笑，他想他还不至于这样轻贱自己，这样不爱惜生命，这样不热爱生活。杨永安并没有对自己遭贬谪而忧伤，四十岁之前他还有这方面的想法。以匡国致君为己任，以安民济物为心期。丈夫志，当景盛，耻疏闲。自己拼了命地工作，希望自己好好干好好表现能引起领导重视，设一个职位让自己考，这样就可以真正端上"铁饭碗"吃上"皇粮"，领导也不止一次对他说，上边领导也关注到你了，对你的能力给予了充分肯定。大会小会上也是点名表扬，单位的先进优秀年年都有他，他顿时有一种"火疖子要出头"的感觉，那是一种比"三十年媳妇熬成婆"还要爽的感觉，所有的辛苦、所有的劳累、所有的付出都有了回报，那时的他干事风风火火，雷厉风行，浑身有使不完的劲，有时为赶一个材料他连续伏案写作三天三夜仍不知疲倦，嘴里还时常小声哼着"不经历风雨怎能见彩虹"，可是领导对他的关心一直停留在嘴上，并没有在行动上有任何风吹草动，他也收不到一丝利好的信息，那个为他量身打造的"萝卜坑"始终没有出现。后来他不抱幻想了，他理解了电视剧《水浒传》中一押运花石纲的官爷嘲笑宋江"一旦为吏，终生为吏，永无出头之日"的意思，像他这种身份的人，不就是一个刀笔小吏吗！就是干到死也干不出一个名堂，早点到一个轻闲一点的部门养老未必不是一件好事情，还可以调养一下身体，把他伏案多年所患的腰椎骨质增生、腰椎间盘突出、肩颈疼痛调理一下。但是三人成虎，说多了，他内心有点摇摆，不知不觉中对待郑局的态度又有了变化。他想起那次郑局请他吃饭，不，准确地说是他要郑局请吃饭那次，他只是无意中拨错了电话，郑局却毫不犹疑地答应，而且还把活动搞得那么大，就算不是郑局买单，也是郑局牵头组织的，最终这个人情要落在郑局头上。他为什么要搞那么大？他有什么企图？以前想不明白，现在一切都明了了，因为他那时已知道吴大要过来主持工作了，他理所当然要跟过来，他肯定也知道我杨永安在这个位置，他为他即将要抢占我的位置而感到愧疚，他为他这种龌龊的行为而良心不安，他要用一种方式来弥补，但是一顿饭、一场 K 歌就可以这么轻松地把我搞定，那也未免太轻视人了吧，我真的那么在乎一顿饭吃吗？我没有饭吃吗？我差那一顿酒喝吗？呸！把我杨永安当成什么人了。现在想这些也没有用了，已成定局的事是没有办法改变的，除非他的老板曾大再次调回来主持大局，当然这是根本不可能发生的事。杨永安愤然，但没有大怒，他得有风度，不能让人看笑话，让人看轻了自己。他竭力克制自己的情绪，有时见到郑局会主动打招呼，主动挤出笑来，他也觉得太作了，甚至在心里痛骂自己，但是又能怎样了，这个社会不就是这个样子的吗？哪一个看起来不是道貌岸然，哪一个看起来不是热情洋溢，哪一个表面展现的样子与内心真实的想法是一致的？

郑局好像没有觉察到他的变化，或许是他伪装得好，也或许是他本身就大度吧，有事没事老过来找杨永安，这倒弄得杨永安有些过意不去了，他现在想起当年两人之间的一些事或前些日子的心情变化而内疚，何必呢？多大点事儿，他不禁哑然失笑。

这天郑局又过来找杨永安，问他晚上有没有空，再出去聚一下。距上次吃饭已好久了，郑局后来也约过几次都被他以非常合理的借口给推掉了，这次又亲自过来请，再不赏脸太不给人面儿了。合理的借口说多了就是不讲理，怎么解释都是画蛇添足。杨永安想了想，他实在不好意思再找借口了。郑局走后，他跟吕莉请假，说晚上跟郑局去吃饭。吕莉责怪道，你跟别人就算了，你跟他整天混在一起有意思吗？你不要忘了，你现在混成这个样子都是拜他所赐。杨永安说，我现在混成这样很差吗？再说我混成这样与郑局有什么关系？你不要听别人瞎说，这件事情跟他没关系，再说他也做不了主，一切都得听从领导的安排。吕莉打断他的话，你要不要点儿脸，人家占了你的位置，抢了你的饭碗，你倒好，跟在人家屁股后面屁颠屁颠的，你还替人家说话。他连说，算了算了，不跟你说了，再说又吵架了。吕莉可能提前进入了更年期，经常失眠、焦躁、忧郁，整个人的性格也出现了极大的改变，他甚至怀疑她是不是得了精神病。加上这段时间家里一下子挤进来四个人，吕莉更是变化大，看得出她还在控制自己，只是与杨永安单独在一起时发泄一下怨气。杨永安不知何时起变得那么大度，对社会上的、身边的一些人、一些事都能容忍，当然也包括吕莉。

晚饭后，郑局他们又要去幸福人间搞下半场，杨永安找个借口不去，跟郑局在酒店外聊了一会儿天，假装很随意地又很突然地聊到了现在的就业形势，绕了一大圈，最后才说想请郑局帮个忙。郑局有点怀疑自己的耳朵，杨永安请他帮忙，他杨永安是谁，他可是单位的"老革命"，单位曾经的红人，只有别人求他帮忙，从来没有求过别人。郑局瞪着一双吃惊的眼睛，像打量一个外星人。

杨永安以为郑局没有听清，又说，郑局，我想请你帮个忙。

郑局恍惚了一下，才笑着说，请我帮忙，有没有搞错，还有你搞不定的事，用得上我帮忙，再说我能帮你什么忙？

杨永安说，唉，老家来人了，我哥的两个孩子，男的二十二，高中毕业，当过两年兵；女的二十，大专毕业，都没有工作，这不，来我家也有一阵子，原来想找个合适的时机跟曾大讲，一直不好意思张这个口，结果我还没有开口他就调走了，我现在也是没招了。

那你想我怎么帮你？

我听说局里要招十个劳务派遣，这不只能麻烦你了，你一直跟着吴大，是他的嫡系部队，肯定能说得上话。

郑局想都没想就拍了胸脯，你的事就是我的事，没问题，我跟吴大说，就说是你的侄子侄女，肯定好使，不看僧面看佛面，你的老领导才刚走几天，怎么说也会给这个面子。

杨永安觉得在理，但还是对郑局千恩万谢，求他到吴大面前多美言几句。郑局又拍了胸脯说，没问题，多大点事！

杨永安回来后跟吕莉说，以前我们都误会郑局了，认为他一直跟我在争，还有人说他说一山不容二虎，有他杨永安就没我郑局。你想想看，郑局平时就是一个大大咧咧的人，说话没遮没拦的，喜欢吹吹牛，但是这样的话我相信他说不出来。今天我跟他说了梓豪梓桐的事，他二话没说一口答应，就算他帮不上这个忙，就冲这个爽快劲我就得好好感谢他。他说"我们误会郑局"而没有说"你吕莉误会郑局"，就是怕把吕莉的火给挑起来，那就又得哄半天了。

吕莉撇了撇嘴，从鼻子喷出不屑说，他的话你也信？反正我是从来没有相信过他的话，满嘴跑火车，除了吹牛没有干过一件正事。

偏见，我看你就是偏见，对郑局有偏见，不要老是拿有色眼镜看人，郑局平时喜欢吹牛不假，但是人本质不坏，你看他人缘多好，朋友多多。

多！多有什么用，一群狐朋狗友罢了，全是一些社会上不三不四的人，整天只知道吃吃喝喝，一旦有事了全没影了。

吕莉这样说是有原因的。那年郑局的儿子身患重感冒，高烧三十九摄氏度，引发肺炎，当时住院就要缴五千元钱，郑局这个人喜欢玩，身上根本没有过夜的钱，往往工资一发不用半个月基本上就是空的了。遇上这种事当然马虎不得，郑局马上向他最要好的几个朋友求救，结果十几个电话打出去没有一个人借钱，一个个以各种借口搪塞，郑局实在没有办法了，厚着脸皮抱着死马当着活马医的态度给杨永安打了电话，他二话没说取了一万元钱给郑局送去，郑局感动得差点儿哭了。当时也是外面盛传他们明争暗斗最严重的时候，形如水火，至于是不是人们传得那样，没有人深究，他们想当然地这么认为，但谎言往往传多了就成了事实。两人面对面碰上只是尴尬地点个头，有时就当没看见擦肩而过。从那次借钱后，郑局对杨永安的态度有了质的改变，有事没事就约他出去喝酒，但是那时的杨永安还是因为听到外面的一些传言心里不爽，他借钱并不是借他郑局，而是救急、救难，难道真能袖手旁观？这个忙他帮了，但心里还是有一层隔阂在那里，像嗓子眼儿卡了一根鱼刺，咳不出咽不进。郑局约他，他基本上没有去过，有时在单位门口堵上了被拉过去，他也是匆匆吃完离开。时间长了，杨永安有点过意不去，怎么说人家郑局拉下脸面一而再、再而三地请你吃饭，却热脸贴上了你的冷屁股，杨永安对他的态度也有所改观，但也属于不冷不热、不好不坏、不亲不疏那种，基本上恢复到纯粹的同事关系。杨永安笑着说，狐朋狗友也是友，人在这个社会上没有几个朋友怎么行？一个好汉三个帮，一个篱笆还三个桩，说不定哪天就用上了。

算了吧，他能帮你的忙？除非太阳打西边出来，你以为个个都像你一样傻呀。哼，我看他怎么帮你的忙！

那行，你瞧好吧。

四

杨永安走进厨房看到一个熟悉的身影，以为是吕莉，正想上前亲热一下，却发现不对，虽然穿着吕莉的睡衣，但身高明显要比吕莉高，身板也厚实得多。他突然想起来，家里还住着其他人呢。是嫂子。她自从过来后一直穿着吕莉的衣服，当时吕莉给嫂子衣服穿，他还说嫂子穿得正合身，现在却感到特别别扭。那天吕莉带着他们去超市买了一堆衣服，嫂子却舍不得穿，她说等回去了再穿，过年走亲戚时穿，在家里仍然穿着吕莉的衣服。吕莉说给她穿，到她回去时就把她穿过的衣服全部送给她。

吕莉正在房间里辅导多多做作业。杨永安走进来，示意吕莉出来。吕莉跟杨永安到了阳台，杨永安板着脸说，你人在屋里怎么不去做饭，让嫂子做，合适吗？

吕莉突然情绪失控，说，你也觉得不合适，但是她们一住就是一个多月，一个个跟大爷一样，我忙完工作回来还要忙屋里，你说合适吗？

杨永安觉得吕莉今天有点反常，把食指竖在嘴边，指了指外面，示意吕莉小声一点。

吕莉不理他，你说郑局答应帮你这两个小爷找工作，咋样了？一天到晚什么心都不操，这样下去，我非得精神病不可！

我看你现在就是精神病！

我是精神病？你一大家子人都住在这里，哪天那一大堆衣裳不是我洗的？哪天那饭不是我做的？今天是嫂子她自己争着抢着要做饭，她来这么久了，还能一直把自己当客呀，做一回饭怎么啦？她做一回饭你就给我摆脸色，我是什么呀，这个家的小媳妇！用人！保姆！我命中注定该伺候你这一家老的小的？

你说这话什么意思，神经！

我神经也是你逼的！

够了！你不要看着家里有两个人，我不敢削你。

你不敢？你有能耐，你又不是没削过。吕莉说完，打开阳台的门，然后又用力砰地关上，急匆匆地穿过客厅。

父亲闻声过来问，咋的啦，吵架啦？

杨永安笑笑说没有。

吕莉也笑着说，爸，没有，我就是个大嗓门，说话声音大点，单位要我去加班，他非让我吃了饭再去，人家领导都在单位等着呢，我吃了饭去晚了，领导会不高兴的。

父亲说，那是那是，莉说得对着呢，公家的事要紧，你去吧，饭给你留着。

不用留了，单位叫了外卖，吕莉说，又冲着厨房喊，嫂子，单位有事，我先去单位了，你们不用等我，我忙完就回来。说完拎包出门。

杨永安看着吕莉的背影说，你早点回来。

知道啦。吕莉应道。他看不到她的表情，却能感觉到她内心的不快，背影一闪而过，门"哐"一声碰上了。杨永安知道她肯定是躲在楼下发呆，或是看小区的人跳舞，待到曲终人散万籁俱寂，心情调节好了才会回来。这是吕莉一贯的做派，什么事不喜欢跟人倾诉，有的人有了事找个人说一说，哭一哭，吵一吵，闹一闹，或是猛吃一餐、疯狂购物，什么事也没有了，像什么事也没有发生。吕莉不是。她喜欢生闷气，不跟人说，一个人死扛，别人也不知道她生什么气或是别人根本不知道她在生气，只是脸上无光，像生病了一样，有时还不吃饭，就这样一气几天，等那股子气完全挥发掉，她才能恢复到当初的状态。吕莉这几年性格变化较大，有点神经质，对一些事过敏，遇上了就过不去，非得气上一阵子不可。

这时嫂子端着一盘菜出来说，怎么说走就走了，不吃饭呀，什么工作这么要紧，怎么的也得让人吃饭呀？

杨永安说，没事，不用管她，我们吃我们的。

晚餐是嫂子操刀，菜式、菜色与吕莉做的迥然不同。吕莉喜欢清淡，盘子看不到几滴油，菜也是以素为主，这段时间家里来了"客人"，空了几年的冰箱才一下子被装满了，刚开始他以为是吕莉买的菜，后来才发现菜是买了一些，但是占据整个冰箱的是一大堆零食。家里有了客人，吕莉的菜式多了几款，但她炒菜时仍然很清淡，一大盘子青菜点缀着几片肉，冰箱里的肉好几天消不掉。嫂子做的菜基本上全是肉，只有几根葱、几片姜掺杂其间，那葱姜也切得很大气，葱姜一刀下去，一分为二，大枝大叶，简单明了，肉是肉，调料是调料，不用花工夫区分。盘子里浮着一层油花子，看起来就油得慌。杨永安的筷子踌躇不前，像一群目标暴露在眼前，反而让人不好抉择。

嫂子的筷子撩了三块肥嘟嘟的肉送到杨永安的碗里，好像担心肉会飞走似的，用筷子把肉按了按，那三块肥嘟嘟白花花的肉妥妥帖帖地待在杨永安的碗里，像三个熟睡的婴儿，既想亲近地捏捏他的小脸蛋又不忍心下手，更不知从哪儿下手。肉上还有黏糊糊的饭渣，甚至还有嫂子的涎水，杨永安更不知如何下手了。农村人有农村人的待客之道——热情，其实有时候热情会让人无所适从。嫂子喜欢送菜，不管你喜欢不喜欢吃，由不得你来选择，她认为她喜欢吃的别人一定喜欢，不由分说地撩起来送给你，为了体现出她出身农村但仍是一个十分讲究的人，每次送菜之前她会把筷子放进嘴里吸一吸舔一舔，确定干净后，才会把筷子伸进盘子里上下翻飞，找到她认为最好的菜又准确无误地投放到你的碗里。嫂子干事麻利，但是不注意细节，她以为做得快就行了，还时常自夸"在槐树湾村哪个有我讲究"！那一年春节回家，杨永安见识了嫂子的讲究。他去厨房盛饭，锅盖没有盖上，一只鸡正摇摇晃晃地站在锅沿上啄食，一坨屎拉在了灶台上，杨永安不动声色，轻轻放下碗筷，说吃饱了。杨永安委婉地说了一下，把厨房的门关上，不要让狗呀猫呀鸡呀进去了。说过几次，没有效果。嫂子来这里后也没有改掉她热情的本性，他也说过几次了，没有明说，嫂子也没有听出意思来。他不能说嫂子的筷子不干净，这样太伤人，嫂子会生气的，会说他进城才几天就忘了本，嫌这脏嫌那臭，他只能说每个人口味不一样，不一定你认为好吃的别人也觉得好吃，要吃还是自己选着吃得好。嫂子不加理会，依然如故，她振振有词，多吃点肉好，这样对身体好，特别是安子你身体那么瘦弱，整天给领导写材料，那多费脑子，不多吃点肉补一补可不行。

嫂子的这种热情让杨永安无话可说。他为难地看着碗里的三块肉，有点手脚无措，丢掉倒不是觉得可惜，而是要考虑嫂子的颜面。他看见杨梓豪正在划手机，忙把三块肉搛给了他，边搛边说，这么肥的肉还是给梓豪吃吧，孩子正长身体呢。嫂子一边嚼着肉一边说，豪子，还不谢谢你二叔。肉汁顺着嫂子的嘴角流出来，油腻腻的，她忙用手指揩了揩，又将擦拭得满是油的手指放进嘴里舔了舔。杨梓豪没有理会，他正沉浸在游戏中，玩着手机，眼睛根本不看别处，就连嘴搭在碗沿边吃饭眼睛也没有离开过手机。看到那三块肥嘟嘟的肉被他吃下后，杨永安不由得呼了一口气，好似顺利地完成了一宗领导交代的工作。这时，他才发现杨梓桐没有吃饭，真是老了，少了这么一个大活人竟然半天没有发觉。他问，梓桐呢？嫂子一脸不高兴，说不管她，饿死她，一天到晚不吃饭，看她娃子以后咋搞！杨永安向多多的房间走去。嫂子她们过来后，多多和他们夫妻住一间房，把房间腾出来给二嫂和梓桐住，另一间卧室给父亲住，杨梓豪住进了书房，杨梓豪住进书房时他还担心了一阵子，嘴上说梓豪你没事多看看书，心里却焦虑他会不会把书给弄乱了。他的担心是多余的，这孩子根本就不会看书，除了吃饭洗澡上洗手间外，人就没有离开过书房的榻榻米，一直卧在上面划手机。

杨永安见梓桐蹲在床头划手机，喊道，梓桐，吃饭啦。梓桐没有反应，他以为她没有听见，又喊了一声，梓桐吃饭啦。梓桐抬起头，给了他一个白眼，有气无力地说，知道啦。杨永安折身返回座位。过了一会儿，梓桐还没有过来，他又喊道，梓桐，吃饭啦，等会儿菜都冷了。房间里悄无声息。杨永安大声喊道，梓桐，吃饭啦。

房间里传来梓桐的声音，知道了，烦死了！

嫂子气得站了起来，说，你这个娃子，怎么跟你叔说话的。杨永安忙劝道，算了算了，她不吃就算了，等她饿了再吃。其实他心里非常清楚，她是不可能过来吃饭的，梓桐的床头堆了一堆零食，这些都是她从网上买来的。辣条、辣鸡翅、鸡腿、薯片全部堆在电脑桌上，她卧在床上伸手就能拿到，在床上吃，边吃边划手机，被子上和床头柜上沾满了油渍，黏糊糊、脏兮兮的，包装袋、剩骨头直接放进了一个袋子里，几天也不扔，吕莉打扫卫生时扔过两次，那孩子还有情绪，说不要随便动她的东西，过后吕莉再也没有扔过，进去打扫卫生也是尽量保持原样。梓桐的房间弥漫着一股辣条的味道，一打开门就能闻到，杨永安却不敢张嘴去说，毕竟不是自己的女儿，说多了还置上气了，越发生分了。如果是多多这样恐怕早就打在身上了。家鸡打得团团转，野鸡打得四处飞。不一样就是不一样，不是自己的孩子就不是自己的孩子，那分隔大着呢。杨永安笑苦了一下，低下头吃饭。

吃罢晚饭，吕莉还没有回来。杨永安坐在沙发上，倒不是等她回来，她能去哪里呢？他坐在这里主要是陪陪父亲，虽然也不知道说些什么，就是干坐着，有一句无一句地唠着，以前他还不知道什么叫"尬聊"，现在他明白了。杨永安找不到话，冷不丁地蹦出一句，倒是父亲百问不厌，有时他不问父亲倒主动说了起来，话里有的人他认识，有的人他不认识，父亲不管这些，认为他都认识，一股脑儿地倒出来，杨永安静静地听着，忙乱地在记忆深处寻找。

嫂子把厨房收拾完后，一屁股坐在沙发上，手里拿着遥控器，开始翻来覆去地调台。父亲说，安子，过几天我就回去了。杨永安说，来一趟不容易，来了就多玩段时间，你还没在城市过过年呢，今年就在这里过年吧，等过完年再回去。父亲连忙摇头，生怕回绝晚了就要留在这里了。他说，俺住不习惯，你们城市里真是没有我们农村好，又没有一个熟人好说话，一个个说话南腔北调的，听不懂他们说什么，城市还没有我们农村好，住不习惯。父亲连说了两遍住不习惯，他太了解老人家了，在这里抽个烟也不方便，他们在家时父亲一个人躲在逃生通道的楼梯里抽烟，他们不在家时父亲就站在阳台上抽烟。这时嫂子插话说，安子，老爹说的是实话，别说他一个老人家住不习惯，我这么年轻也住不习惯，你们城里人太干净、太讲究了，我这么讲究的人都住不习惯。父亲说，你抽空帮我买张回去的票吧，我一个人先回去。父亲一旦心生去意，十头牛都拉不回来。杨永安知道，父亲一旦回去就再也不会来了，他现在能做的就是尽量挽留，能多留一天是一天，多留一个星期是一个星期，因为工作的关系，他也不可能在父亲床前膝下尽孝，这次一定要带父亲好好玩几天。

嫂子沉浸到电视剧里了，整个人沉陷进沙发里。其实他很不习惯嫂子这种随遇而安的生活习惯，甚至有些喧宾夺主，整天穿一件睡衣在家里旁若无人地走来走去，或是躺在沙发上，毕竟这是他的家，吕莉也没有这么随便过。杨永安陷入了沉思。

五

那天杨永安正在办公室午休，大脑像发了烧，做起了梦，梦见母亲身披婚纱，父亲乐呵呵地站在一旁，他要走过去送上祝福，可是他往前走几步，母亲和父亲就往后退几步，他一直没有办法走到母亲身边，他急了，拼了命地朝前跑，可是双腿却迈不动，以前他的双腿像鸟的翅膀，一动就能飞很远，今天不行，双腿沉重，像坠着什么东西，往下一看，天啊，他的腿和脚竟然不知去向！他急得出了一头汗，一下子就醒了，顿时心中惴惴不安，他有一种不祥的预感，老感觉有事，就在这时杨永平打来了电话，他怕惊扰到其他休息的同事，先接通了，把电话捂在耳朵边轻手轻脚地跑了出来。虽然是两兄弟，但是两人很少电话联系，如果有电话肯定是有事，大部分都是借钱，只有两兄弟，他条件好一些，他不帮谁帮？为此他专门储备了一笔钱不动，就是为了应对各种不时之需。这次杨永平来电话并不是借钱，多少有些出乎他的意料。

杨永平吞吞吐吐地说，本来不想跟你说的，但是想想还是说了好。老妈病了，晚期。

他说，什么时候的事？有没有其他办法？钱都不是事儿，花多少钱都行。

杨永平说已确诊了，也去了几个大医院，都是建议保守治疗，也就几个月的事儿了。

他当然知道这话的意思，忙说我马上请假回来。杨永平阻止道，你千万不要回来，妈还不知道，你这个时候回来反而不好。他想想也是。杨永平说你安心工作，到时我会通知你回来的，但现在你不能回来，打电话也跟往常一样，不能让妈发觉。他一口答应，手捏着手机潜然泪下，接着失声痛哭。杨永平在那边说，你不要哭，不要你自己身体也垮掉了。说着，电话那头也哭了。他哭着挂了电话。

他不敢跟人说，但悲伤的表情还是被同事们发现了，奇怪地看着他，像看外星人，他们小声议论着，有的同事走过来问，安哥你没什么事吧？他摇头说没事。

两个月后，杨永平又打来了电话，要他回去一趟，还是回来看看妈吧，不要到时人走了没有见最后一面后悔。他知道问题的严重性，如果不是情况有变，哥是不会让他回去的。他向分管办公室的吴大请假（当时吴大还是"吴二"）。吴大说这段时间工作较多，综合室那边忙不过来，到时你也要到那边支援。他说家里有特殊事情要回去一趟。吴大没有答应，非要他说明请假的原因。本来他还想隐瞒，但是请假的理由不充分的话准假的可能也不大，他只好说了实情。吴大听了，很通情达理地说，还有什么事比这大呢？在请假审批单上哗哗写上了"同意"。

飞机向北。他茫然地望着窗外，机翼还是往日的机翼，白云也像是往日的白云，飞机在辽阔的天空中徐徐地移动，甚至没有感觉到它在移动，只有呼呼的耳鸣声像风在耳朵里呼啸。飞机即将降落时，那熟悉的村庄挟带着家乡的气息扑面而来，房子高高矮矮，树木无力地站立，田野空旷寂寥，几乎看不到人的踪影。家山何在，想见绿窗啼雾。又何堪满目凄凉，故园梦里能归否。这就是他熟悉的故土，想起来，离开家已有十几年了，平时为了工作很少回来，三年甚至四五年才回来一次，每次回来也是来去匆匆。作为槐树湾的第一个大学生，他一毕业就面临失业，一直东游西荡，成为村人笑柄，只有母亲一直默默地支持他，待他在深圳这座城市扎下根后，母亲皱了多年的额头才舒展开来。

杨永安直接去的医院。哥哥嫂子坐在另一张病床上。母亲双目紧闭，好像在熟睡中，却不时发出痛苦的呻吟。他轻手轻脚地走过去，在床边跪下，把母亲的手捧在手里，那手孱弱得像鸟爪子，那指甲已有些扭曲，老人家已被疾病折磨得骨瘦如柴，青筋绽露，皮松松垮垮的，只剩下骨头。他轻轻掀开被窝的一角，摸了摸母亲的腿，跟一根枯枝差不多，裤管空空荡荡的，并不宽大的裤管显得那么宽大。看到母亲的样子，眼泪一下子就淌了出来，顺着脸庞流，流在他的双手上，也流在母亲的手上，这时他突然感觉母亲的手动了一下，其实那是痛苦的痉挛，他哽咽着喊，妈，我回来了。母亲听到他的声音，艰难地睁开眼睛，木然地打量着他，嘴嚅嗫着，喉咙里发出呼呼噜噜的声音，她说的什么他一句也没有听清。嫂子走了过来，把食指伸进了母亲嘴里鼓捣半天，剜出来一堆墨绿色的浓痰。母亲的手战抖得厉害，好像很累，眼皮无力，看了看他又把眼皮闭上了。他在一旁不停地叫，母亲偶尔会睁开眼睛，但是看见他就像没看见一样。他在母亲的眼里已经成了一个陌生人。

病房里的灯光并不强烈，甚至有些暗淡，却把雪白的墙壁照得更加雪白，医院本来就是白色的，像得了一场大病，煞白煞白的，没有一点生机，房间里弥漫着一种死亡才有的气息。整个病房只有母亲一个人住着。他小声问杨永平，哥，怎么只有妈一个人住这间病房？没有一点生气。杨永平当然知道他的意思，解释说，以前妈意识还是比较清醒的，被医院安排住在另一幢住院部的病房，那里一间房一般都是住三四个病人，都是一些身患重病的人，过几天就走一个，妈老是问这房间的人怎么又少了一个，过几天又住进来一个，要不了多久又走了，妈又问他们怎么又不见了，连个招呼也不打就搬走了。我都不知道怎么跟她解释，只好撒谎说换到另外一个病房了。但是每走一个就会传来家属的哭声，撕心裂肺的哭声是瞒不住的，妈总会意识到这一点的，老人家对死亡还是很敏感的，这样的环境气氛对妈肯定会产生消极的影响。杨永平接着说，后来想想，这样下去不行，时间长了是瞒不下去的，我通过一些关系找到了院长，给院长送了五千元的红包，才弄到了这间房，并且让他们不要安排别的病人住进来。这样最起码不会影响到老妈，她也不会七想八想的。

他问，现在情况怎么样？

能想的办法都想了，检查出来就是晚期，现在已扩散了，医生已经无能为力，唯一能做的就是打点营养液，打杜冷丁之类的镇痛药，每天护士会过来测一下血压，观察一下眼球的变化，她以前还喊痛，现在不喊了，已痛麻木了。

这时父亲进来了，他一直躲在外面楼梯间抽烟发呆。父亲看见他，愣了愣，狠狠地瞪了他一眼，埋怨道，你怎么这么久才回来，她不是你妈吗？他无言以对。父亲接着说，书你读得最多，钱也花得最多，在别人眼里你也最有出息，在外面混得好，但你书读那么多有什么用？你妈生病了你一天也没有照顾，有你没你都一样，全是平娃和你嫂子在照顾，你看你哥和你嫂子都累成啥样了，要是换了别人肯定是一人一天过，轮着照顾……杨永平打断了父亲的话，说他也是没办法，人那么远，回来一趟不容易，再说端人碗属人管，由不得他。杨永平正说着，杨永安的电话响了，是吴大的，他本来想挂了的，想想还是走出去接了。

你到家了没？你母亲的情况怎么样？

还好吧，现在人不是很清醒，吃喝拉撒都要人伺候。

哦，那要好好陪陪，为人子女的，要尽尽孝道。

嗯。

是这样的，后天市里领导要过来调研，综合室一下忙不过来，你也比较熟悉情况，这个调研材料就由你来写吧。你安心在家里陪陪家人，抽空写一下调研，明天上午发给我。

杨永安压住火，说，怎么写，我在医院里怎么写？

你想想办法，明天上午发给我。

杨永平不知什么时候也来到走廊外，他好像知道了，过来拍了拍杨永安的肩，说工作要紧，家里有我呢。杨永安呆呆地看着他，喉咙动了动却一句话也说不出来，眼泪哗哗地流了下来。杨永平说，擦干了再进去，别让老妈看见，她现在一会儿清醒一会儿糊涂。

杨永安走进病房，木着脸，不时别过头去擦拭眼泪。他转过脸去看母亲，双手紧紧地握住她的手，母亲双眼紧闭着，他轻轻地喊了一声，妈！眼泪又流了出来。这时母亲的身子微微地颤动了一下，她眼睛突然又睁开了，紧紧地盯着他，那是忧伤的不舍的眼神，紧接着他清晰地听见母亲发出了一声叹息，然后又把眼睛闭上了。药水一滴一滴地慢慢滴着，透过细细的针头渗进了母亲的体内，母亲的手背上全是针眼，密密麻麻，针眼摞着针眼。他不敢再看母亲，但是那一种令人揪心的疼，像根针一样扎在心里。他强忍眼酸向窗外望去。窗台上摆放着几盆花草，可能没人打理，那些花草已经枯萎了，瘦弱的枯枝在风中微微战抖着，好像风再大一点就可把它拦腰折断。再往远一点的地方看，是另一栋楼房，外墙全部刷了一层白色的石灰粉，看不出这栋房子的年龄，一轮红日正在它的顶上悬着，光已不再强烈，他知道过不了多久它就会西沉，这一天就要过去了。

他在哥哥、嫂子的催促下决定返回了。父亲面无表情地说，既然你哥哥、嫂子都这样说了，我也不留你了，公家的事重要，早点回去吧，免得领导又催了。他说不出话来，忍着泪，低着头从病房出来，快步走出医院，走到大门口，倏地停了下来，回头看了看这所医院，他知道母亲恐怕不能再从这里走出来了。想到这儿，眼泪霎时流了出来，他没有去擦，任由它肆无忌惮地流淌，接着再也控制不住，"哇"的一声失声痛哭起来，一声比一声大。路边的行人呆住了，不知道发生了什么，一个成年汉子在大街上这样号啕大哭。有的停下来看他，有的边走边看。他蹲了下来，头埋在两膝间。过了好久，他的情绪才平息下来，他背起包大步向车站走去。

再次回来是参加母亲的葬礼。以前他很胆小，身边有什么人去世了，他几天晚上不敢单独出门，现在完全没有那种感觉。母亲弥留之际，他一直紧紧地握着母亲的手，好像这样就可以留住母亲，但母亲还是离开了他。是他亲手把母亲抬进了棺椁里，又亲眼看着母亲被推进了火化炉。他知道母亲的一生就这么结束了。他一直认为母亲才七十多岁，身体还好，自己尽孝的时间有很多，母亲以后享福的日子长着呢，他得拼命工作，多攒一点钱，到时才有资本、才有条件在二老床前膝下尽孝，但是老天就是这么无情，它会把灾难突然降临到普通人身上。作为儿子的他，除了哭泣只剩束手无策，该尽的孝道却没有尽到，现在追悔莫及。如果时光可以倒流，他一定紧紧地抓住时间,决不放任时间从指间溜走。如果……他干眨着眼睛,没有眼泪,一滴也没有流出来。

安葬的当天,吴大又打来了电话,这次杨永安毫不犹疑地挂了电话,他再次打来,他再次挂掉,他发短信"上级检查,准备材料迎检,速归"。他按住手机不放,直到黑屏。他连续关了两天机。打开手机时,有无数个未接来电和短信、微信,全是吴大的,他连骂两声"操"。

自从母亲去世后,杨永安已没有了激情,对生活如此,对工作也是如此。经过了生死,好像一切都淡了,无所谓了,所有的打拼都是那么的没有意义。以前没事还会跟一些朋友联络一下感情,小撮一顿,吹吹牛,侃侃大山,开开玩笑,现在不了,像冬天的动物显得呆滞无神,甚至进入了冬眠状态,不知天上宫阙,今夕是何年。

六

羊台山位于宝安区、龙华区、南山区的交界处,横跨宝安区的石岩、龙华区的大浪和南山区的西丽三个街道,主峰在石岩境内,海拔为 587.3 米,属海岸山脉高丘陵地,山势上陡下缓,溪谷与山脊相间分布、错落有致。杨永安很久没有爬山了,如果不是父亲过来他也不会爬山,他不喜欢动,来深圳十多年了,深圳很多的旅游景点都没有去过,只有单位组织的有硬性要求的他才会去,算下来也就两三个景点。不爱运动的结果就是腹部有了坡度,这是以前想要而不可得的,现在不想要却又甩不掉了。杨永安累得气喘吁吁,汗涔涔的。嫂子和吕莉、多多三人走在一块儿，吕莉边走边给嫂子介绍周边的风景及经济情况，在深圳无论谈什么最终都会与经济挂钩，说得嫂子连连称啧，这深圳真是有钱，一个镇比我们一个县都发达。多多一直面无表情地跟着，她不愿意来，说约好了同学去图书馆做作业，现在不去就是不守信用。杨永安说，下次再约他们，现在就好好陪陪爷爷。多多人是来了，心却不在这儿，手机划个不停，也不知跟同学们说些什么，偶尔还能看到她脸上露出笑容，像山路边上绿意盎然的灌木呼啦啦一大片绿色突然还能看见一朵红色的花。

梓豪不跟他们一起，一个人往山上跑，这时已跑上山顶了，微信朋友圈已有他登上山顶的图片，"羊台叠翠"四个红字在巨大的褐色的花岗岩上格外醒目。梓桐没来，估计仍躺在床上划手机。

父亲老了，扶着台阶护栏喘气。他等父亲走过来，问道，怎么样，累不?

父亲喘着气说，山倒是不高，只是有些陡，年轻时我爬的山比这高多了。

他说，这里的山到了老家只能称丘陵，但在这里都是大山了，能爬上来的都不简单。

这叫啥山?

羊台山。

羊台山?

对，羊台山! 又叫羊笛山。

放羊的地方?

对。以前是。这里面还有一个传说，在唐朝，有一位林姓县官不满武氏专权，弃官离开了中原故土，来到了石岩定居。他膝下有一千金名叫珠珠，长得美丽可爱。邻村吕财主有一子，不学无术，却欲与珠珠结为连理，珠珠自然不允。吕财主有一长工海仔经常在山坡上放羊，每当海仔赶着群羊放牧时，就会吹起短笛，优美的笛声听得珠珠心驰神迷。海仔长得相貌堂堂，为人勤奋老实，珠珠与海仔相识了，日久生情，珠珠爱上了在这里放羊吹笛的长工海仔。后来，海仔被吕财主设计害死，珠珠也相思而死。海仔和珠珠死后，为了纪念他们，当地人将海仔放羊吹笛的山坡称为羊笛山，在本地方言中"台"与"笛"音近，久而久之就叫羊台山了。

杨永安看了看父亲，父亲竟然听得津津有味，于是又接着讲。山上还有一座名为嫩七娘峒的山峰，也有一个感人的故事。相传早年宝安大旱，七位年轻的农家姑娘不畏艰辛上山诚心求雨，她们的行为也感动了上苍，于是这一带普降甘霖。人们为了纪念这七个姑娘，便将其求雨的山峰命名为嫩七娘峒。在抗日战争和解放战争年代，羊台山游击区是东江纵队，是港九大队进行英勇战斗打击敌人的重要阵地。当地人民和东江游击队为抢救沦陷在港九的文化名人和爱国民主人士上演了震惊中外的"胜利大营救"，从沦陷的港九孤岛抢救出了曾韬奋、茅盾、何香凝等人。羊台山也因此被称作英雄山。我们上山时，门口不是看到一个很大的雕塑嘛，一个是枪杆子，一个是笔杆子，就是说得这个事。

杨永安想起儿时的自己，一到晚上就缠着父亲讲故事，父亲就是一个普普通通的农民，没读过多少书，哪里会讲什么故事，他就不肯睡觉，闹，父亲没办法，只好瞎编一个故事讲给他听。后来为了给他讲故事，父亲迷上了听评书，他会把评书讲给他听，当然会漏掉很多内容，但是杨永安听得十分入迷，一到了晚上睡觉时就会听父亲讲评书，那也是他最幸福的时光。

父亲也不知听懂没听懂，嘴里念叨着"羊台山"三字。父亲问，我听这里的人说话蛮得很，都是哪里的人？

他解释说，外地人占多数，都是外省人，人家都是说家里的话你肯定听不懂。本地的人说话你更听不懂。

父亲说，那你平时工作怎么办，人家说话你听得懂？

他笑了，上班都是说普通话。

父亲感慨地说，还是没有我们那里的人说话好听，哪里的人都没有我们那里的人讲话好听。

杨永安笑了，他从父亲的话中再次听到了去意。他知道留是留不住的，但是能拖一天是一天吧。上了岁数的人都不敢长期待在外面，万一有个什么事，想回去都不容易，老一辈的人都讲究落叶归根。杨永安以前也不能理解，现在他特别能理解父亲的想法。也许经历了一些事，或者说到了一定的岁数，自然而然地就能理解老人的想法了。

父亲在爬山时跟杨永安说了很多话，很多报纸上的新闻他也知道，这在以前是不敢想象的。他突然发现，母亲去世后父亲变得很健谈。父亲一个人在家是孤独的，哥哥嫂子平时很少有时间陪他，当然也没有共同语言，聊也聊不到一块儿去。父亲耳边没有了那一个熟悉的声音，他就得把自己的声音传递出去，他要让那个熟悉的人放心，其实他越是这样，他越会给熟悉的人、至亲的人留下一个印象，他在这世上顽强地活着，一个人，很孤独。

当他们登上山顶时，杨永安特地和父亲合了影，他知道现在不合影，以后也不知道有没有机会合影了。他叫吕莉、多多、嫂子和梓豪一起，让一个在此游玩的人帮他们照。他还单独与父亲照了几张。他把手机递给父亲看，父亲粗略过了一眼，点了点头，表示看过了。杨永安却捧着手机认真地看，把相片放大了看，父亲的皱纹就像身边的树干皲裂的纹路，父亲老了，再也不是儿时的那座山，儿时的他时常骑在父亲的脖子上，去上街，去看电影，去走亲戚，现在他的双肩再也扛不起他了。

从羊台山回来，杨永安怕父亲突然要回去，他知道老人家的性子，一旦决定了的事就无法再更改，他赶紧规划了几条路线。他要带父亲把深圳几个著名的景点都游遍，像世界之窗、锦绣中华、东部华侨城、大鹏所城。没办法在父亲床前膝下尽孝，那现在能做的就是在他在这里的这段时间里好好陪一陪他。他特地休了年假，吴大还没有批，他不管了，请假审批单往他办公桌上一放，走人，同意也休，不同意也休。

第一站是去的世界之窗。进门口时要买票进入，父亲说什么也不进去了，哪里还有花钱玩的道理？杨永安好说歹说，哄了半天父亲才答应。购票要身份证，父亲因年龄超过七十岁可以免票，但是吕莉、多多、嫂子、梓豪和杨永安要买票，一百二十元一张票让父亲心痛不已。父亲说可以在家买头大肥猪了。父亲的话让大家都笑了。

世界之窗位于深圳市南山区，景区分为世界广场、亚洲区、欧洲区、非洲区、美洲区、大洋洲区、世界雕塑园、国际街八大景区，内建有一百三十个景点。杨永安也是第一次来，但是他装着很熟悉的样子，一边带着众人游览一边扮演起讲解员的角色。像美国大峡谷、巴黎雄狮凯旋门、柬埔寨吴哥窟、印度泰姬陵、意大利比萨斜塔等，这些景点在中学地理里曾学过，大致内容还记得一些，他就结合现场情况现炒现卖了，好在也蒙混过关了。

杨永安指着金字塔的模型说，这个是埃及的金字塔，被称为"世界七大奇迹"之一。目前，在埃及境内保存完好的金字塔有七十座，其中最大的一座是第四王朝法老胡夫的金字塔，由两百三十万块巨石砌成，每块巨石重大约二点五吨，最大的一块重达一百六十吨。所用的石块都经细工磨平，石块之间，连一张刀片都插不进去。在那个年代，既没有车，也没有起重机，要建造这样一个宏伟工程是多么不容易，就是以现在的科技水平，要建造起来也是一件不可思议的事情。当然，我们现在看到的只是按照比例进行仿建的。

杨永安还带父亲爬上了法国的埃菲尔铁塔，这个缩小为三分之一比例的法国埃菲尔铁塔有百十米高，登上塔顶可以看到深圳市和香港特区的风光，可惜那天天气潮湿黏腻，一片朦胧，一切都隐藏在烟雨中，看什么都烟雾缭绕的，对于杨永安来说是一个遗憾，不然他一定要让父亲看一看海那边的香港是什么样子。本来还想让父亲也坐一下观光车的，父亲心疼钱硬是不肯。

第二天一大早，杨永安准备带父亲去东部华侨城。杨永安忙乎了半天，可父亲坚决不去了。他劝说了半天也没有用，他知道老人家心疼钱，说再多也没有用。他只得放弃。父亲说，安娃子，你不用专门陪我了，你去上班吧，公家的事重要，不要让领导说话。父亲说自己去爬红花山。红花山是一个百十米高的山，因为免费对外开放，父亲没事了一个人也常过来。电视机一直由嫂子霸着，父亲在家里待一会儿就会出来爬红花山打发时间，要不就是坐在红花山脚下抽烟发愣。

杨永安去单位时，父亲四周看了看，低声说，安娃子，平娃子他苦，生活不易，这两个孩子你无论如何都要帮他们安排个工作。杨永安点头道，您放心，我这就去问。

七

杨永安私下问过负责人事的小曾。小曾是曾大的侄女，从这里论他们算是"一个派系"。曾大是安徽人，与杨永安虽不是老乡，但都属于外地人。虽说"来了都是一家人"的口号喊了这么多年，但是本地人与外地人还是有很深的隔阂，特别是政府部门派系相当严重，提拔干部也是先本地再省内再省外，外地人一般都是在一些本地人不愿意干的部门、岗位工作。吴大是本地人，属于"本地派"，据说吴大曾在会上说是外地人抢了本地人的就业岗位，说政府要优先解决本地人就业问题，以免引起新的社会不稳定因素。小曾人长得有些粗糙，却有林志玲一样的"娃娃音"，声音柔软得使人融化，再大的脾气听了这声音也会软绵绵的，那声音像绒绒毛在耳朵里轻轻搅动，很舒服，听声音你猜不出她的年龄，也不知道她长相如何。她用迷惑的眼神看着杨永安，杨永安心里咯噔一下。小曾嘴角微微翘起，脸上的痘痘也跟着动，她说安哥，没有你说的名字呀，初定名单的人选就没有你说的名字。杨永安当然明白初定名单是什么意思，说，好的，我知道了。

　　杨永安感到巨大的焦虑，这是以前从来没有过的事。父亲当面要求他无论如何也要帮侄子侄女找到工作。父亲的要求他不能拒绝。想起母亲去世那一年，卧病在床几个月，全是哥哥嫂子在照顾。那次他请假回去，母亲在意识不太清醒的情况下却能清楚地喊出哥哥的名字，可见哥哥在母亲心目中的分量，甚至可以说，在母亲患病期间他已被排除在外了，母亲眼里、心里都只有哥哥这么一个儿子。从这方面说，他就是一个不孝之子，而哥哥嫂嫂却毫不犹豫地担起了这份重担，没有说过一句抱怨的话，使得他可以安心工作。更何况，又是自己的亲侄子侄女，不论怎么说，他都责无旁贷。他咂巴了一下嘴，手不停地摸光秃秃的下巴，思考该怎么办。

　　他赶紧去找郑局，郑局表情有点异常，让人捉摸不透，他仍拍着胸脯保证，我跟局长说过的，他说没问题的，我骗你我是这个。郑局说着竖起小拇指。话说到这个份儿上了，还有什么不放心的呢？那就等等呗。他脸上挂着微笑。

　　回到家里，杨永安跟父亲说，没问题，专门问了领导。郑局啥时成了领导？但是他现在确实在这个单位里说不上话了，最起码郑局能说得上话，那么郑局就成了领导。杨永安心里有些失落。

　　吕莉早就下班了，像往常一样，首先给他泡了一杯黄芪枸杞茶。这黄芪是内蒙古的野生黄芪，枸杞是宁夏枸杞，据说都是中国最好的，一看产地就知道。他对此也深信不疑，因为这黄芪枸杞都是曾大给他的，曾大当然不会平白无故地买东西送给他，肯定是别人送给曾大的，曾大又转手送给他了。曾大说，你整天写东西伤气伤神，喝这可以增强机体功能。曾大笑了笑，很有深意。曾大的意思是可以补肾壮阳，他喝后却没有什么效果。但是他确定这肯定是好东西，他认为送给曾大的东西都是好东西，包括女人。想到这儿，他莫名其妙地笑了，黄芪枸杞茶还带一点甜味，带甜的东西好像都不错，除了糖尿病。黄芪安静地躺在透明的水杯底部，只有枸杞在水中不太安分，一会儿沉下去，一会儿浮起来，最后大部分枸杞都慢慢沉入杯底，只有几颗还浮在上面，他轻轻一吹，那几颗枸杞就向另一边移动，他一吸水那上面的枸杞又漂到了嘴边。这时他又想起小曾的话，不知不觉中皱起了眉头，他又想起了郑局打的包票，内心有些矛盾和焦虑。他轻轻闭上眼睛，尽量让心情放松，却越发不安起来。

吕莉见他双目紧闭，关心地问，有什么心事？是不是他又找你麻烦了？

她说的他是指吴大。他摇摇头说，没有。他也感到奇怪，此人锱铢必较，这几次却没有找他的麻烦，这样反而让他更加不安了。他预感有一些事情正在悄然发生，而他还傻乎乎地不知情。他在心里说，算了吧，他又能怎样呢？只要我不犯原则性错误他也不能把我怎么样。

如果你跟曾大走就好了。

唉，你以为我不想呀，可惜我这个身份走不了，曾大走时也说了，想带带不去，去了只能转为劳务派遣，以前的工龄就会清零，而且合同是一年一签，还不是跟政府签，是跟劳务派遣公司签，这样太没有保障了。

要啥保障，你以为你现在这样就有保障？你们这一批老人肯定会想办法解决的。

这么多人，一下子全部转为劳务派遣，一是赔偿赔不起；二是有可能会引发社会维稳问题，没有哪个领导敢动，谁会为这个事担这样的风险？哪个不是多一事不如少一事，平稳过渡几年，拍屁股走人。这段时间一直在传政府要把所有的编外人员转为劳务派遣，各种说法都有，但没有一种说法是利好消息。他想改革是必需的，改革必须会触动一部分人的利益，但是这样的改革是不得人心的，改革为什么不拿既得利益者改革，而是拿他们这一批为政府工作这么多年的编外人员开刀？社会就是这么现实，这么无情，如同市场里买柿子拣软的捏！

现在的趋势你还看不清？涨工资明显就是向劳务派遣倾斜，每次劳派工资涨幅较大，而临聘工资就是象征性地微调一下，就是变相地倒逼你们主动提出来转为劳务派遣。

这么明显的事情谁会看不出来？大家都在装傻而已，其实迷迷糊糊地过也是一种幸福。知道得越多痛苦越多。吕莉就是这么心直口快，说话一直改不了一针见血的毛病，杨永安知道这是她多年教师生涯养成的习惯，对就是对错就是错，没有一点儿变通。杨永安认为教师都有一些变态，对待家长是一副态度，对待学生又是一副态度，对待自个儿家人则又是另外一副态度，长此以往，性格就有些分裂。吕莉以前在老家工作，是一名正编教师，后来是他找曾大弄进政府的，跟他一样成了一名政府临时工。虽然工资不比老家少，但是却没有了编制，总是觉得没有了那一份安全感。

吕莉以前性格是很温顺的，典型的贤妻良母，在杨永安面前百依百顺。大概是因为杨永安跟曾大以后性格才发生变化的。那几年，他天天在外面应酬，花天酒地，每次回到家吕莉和多多已经睡了，等他醒来时上班的上班上学的上学，不到周末一家人很难有真正意义上的见面。吕莉老是疑心他在外面找小三，会偷看他的手机，看都是一些什么人在与他通话，是一些什么人在给他发信息。实际上，当然会有一些社会上的女人给他打电话发信息，但他岂会留下那种把柄，就是酒喝得再多也能清醒地把不该留的通话记录、信息删掉。那时的生活堪比"谍中谍"，好笑又甜蜜。对于吕莉而言，她并不在乎能赚多少钱，她只在意这个家庭，一家人在一起就行，不然她也不会辞掉公职投奔杨永安。杨永安那时斗志激昂，好像只爱工作，白天上班撰写各类文稿，晚上还要参加各种应酬活动，第二天又准时在单位里忙碌了。那时的他总感觉时间不够用，浑身有使不完的劲。后来，也不知道什么原因，杨永安突然就沉寂下来了，不再参加那些活动，有事没事总抱着一本书看，给人一种暮气沉沉的感觉。这倒让吕莉安心了。近来杨永安好像活动又多了，有泛滥成灾的兆头，打电话约他吃饭的很多，吕莉怕他又起了什么花花肠子，曾提醒过他，你一个老头子还跟着那些年轻人在一起瞎搞，臊不臊？杨永安却不那么看，他觉得搞这些应酬太有必要了，自己总有退休的那一天，现在不把人脉积攒在那里，到时多多参加工作怎么办？总得有人照应吧，他现在不正是在前面为她铺路嘛。说多多还有点儿远，现在不就有现成的例子嘛，梓豪、梓桐的工作不就要找人帮忙。吕莉知道她的反对没有效果，就不再反对他出去喝酒了，人却有些抑郁的症状，失眠，大把大把地脱发，有时会半夜起来打自己的头。杨永安有一点怕了，万一吕莉真的抑郁了，后果不堪设想。

单位招聘十个劳务派遣的名单下来了，杨永安目瞪口呆地站在公示栏那里，他不敢相信，从头看到尾，连看了两遍，他确定上面没有杨梓豪、杨梓桐的名字。杨永安仍不死心，他让小曾在电脑上好好查查，公示的名单会不会搞漏了？小曾以肯定无疑的语气说，不可能会漏的，几个人过，连笔试、面试的分也是计算了好几遍。那个杨叫梓豪的根本就不符合要求，他只是一个高中学历，第一关就被筛下来了。小曾接着说，那个女孩子笔试成绩太差，能进面试是因为招聘要求是三比一的比例，但她笔试成绩太差基本上就没戏了，除非……小曾看了看他，他心照不宣地点点头。除非上面打招呼，把面试成绩打高一些，小曾又说，安哥你都没有去做工作呀？他一时语塞，支吾了半天。小曾也替他感到可惜，现在成绩已经公示了，只有看下次有没有机会了。这次一下子就进了十个，招聘的员额多，下次还不知道是猴年马月的事。小曾指着电脑说，喏，你看了人家郑局就把两个亲戚搞进来了。杨永安一看，可不是，十个人中有两个姓郑的。这时他气一下子就上来了，说，我去找郑局。

郑局带着杨永安一起进了吴大的办公室。郑局把前前后后又说了一遍。吴大拍了一下肥硕的脑袋，故意把声音拖得慢条斯理的，啊，小郑呀，我还以为就是你说的两个人呢，就跟人事部门打了招呼，你说你，也不说清楚点，搞出这样的乌龙。郑局连忙说，老板，不好意思不好意思，是我没有说清楚。吴大笑眯眯地说，啊，小杨，你也是，你说我们都是多年的同事了，有什么困难不能跟我说，还让小郑给转个弯来传话，你看看你看看，转出岔子了吧。说完，吴大无可奈何地耸了耸肩说，小杨，要不这样，下次，下次我们再招人我第一个就把你的侄子侄女弄进来。杨永安无奈地说，好的，那就下次吧，谢谢领导关心。他知道吴大在打官腔，往郑局身上一推，自己什么事没有，还埋怨他生分了，见外了，好像是他不懂得做人似的。他觉得这座城市是最假的城市，表面上看到处干净整洁，一派欣欣向荣的景象，其实剥开繁荣昌盛的皮囊，净是藏污纳垢的地方，特别是人，表面上热情洋溢、相互尊重，看起来就觉得假，内心的冰凉早已结出了霜。

杨永安出了办公室，郑局一个劲儿地道歉，永安，不好意思啊，没帮上忙。刚才你也听到了，我真跟老板说了，老板听岔了，结果把你的侄子侄女搞掉了。不过也没关系，老板说了下次还是有机会的。

杨永安缄默不语，目光深邃地看着远处。外面的木棉树上站着一只小鸟，它啄食着木棉花里的汁液，一会儿四处张望，一会儿又抻长脖子啼唱，这时又飞来了两只，它们欢快地追逐。他想，要不要给曾大打个电话？

八

晚上，下起了雨，淅淅沥沥，雨不大，打在窗外雨篷上的声响却大得惊人，仿佛屋外已是瓢泼大雨。杨永安辗转反侧，从不失眠的他却无法安然入睡，像翻烧饼一样在床上轻轻地翻来覆去，他怕翻身的动作太大会对吕莉产生连锁反应，她如果睡不着的后果远远比他要严重得多。客厅的壁钟配合着屋外的雨声嘀嘀嗒嗒地响，他能感受到时间在不停地走。他看了一下手机，已是凌晨两点，四处一派寂静。吕莉在身旁打起轻微的鼾声。他凝视着天花板，大脑控制不住，想着乱七八糟的事情，好不容易睡着了，又不停地做梦，一段接一段，全是噩梦。他和同事们一起去郊外游玩，他双腿生风，很快就爬上了个陡峭的小山峰，那山峰似曾相识，一块巨石耸在他的面前，上面写着"羊台叠翠"，他想起来了，这里是羊台山呀。他突然想起了父亲，四处寻找也没有身影，于是他爬上那块巨石，极目眺望，山下全是人，却始终看不到父亲。这时郑局恶狠狠地扑了过来，要把他推下山去，他赶紧往另一边躲去。吴大也出现了，还是露出他那招牌的笑容，笑眯眯地对他说，我看你往哪里跑。两个人越逼越近，他小心地往后退，一脚踏空，人栽了下去。就在这时杨永安一下子惊醒了，他一摸床，空荡荡的，吕莉和多多早就离开了家，他一看手机，暗叫一声，坏了，迟到了。

这是从来没有过的事，而且还是在周一开例会时迟到。他蹑手蹑脚地走到最后的座位上，发现大家正用一种异样的目光看着他，不就是迟到了几分钟嘛，多大点儿事，谁还能不有点私事要处理，谁还能不在路上堵上半个小时，谁还能保证自己天天准时上下班。开例会也经常有同事迟到。他坐下后，刚开始还想认真地听，但一听到在传达上级的文件精神眼皮就垂了下来，精神无法集中，会议讲了什么他也不知道，有人鼓掌才把他从睡梦中惊醒，他也跟着鼓起掌来。按惯例，文件精神传达完了，各部门、各功能组的负责人要对上周的工作做个总结，对本周的工作做个安排，最后再由吴大提要求，会议也就结束了。可这一次他提完要求后却伸出两只手，向下压了压，示意大家不要动，说有个事儿跟大家通报一下。吴大脸马上严肃起来，好像有什么大事要发生，他的手把桌子敲得梆梆响，大声说，在这里，我再一次强调一下工作纪律，有的人迟到早退；有的人人在岗心不在岗；有的人仗着自己以前是某某领导的人就目中无人，处处摆老资格，领导安排他做一件事他就提这样那样的条件，一有工作就请假，不管你同不同意，请假单往你桌面上一扔就走人，我这里是什么？是你家菜园子?！想来就来，想走就走，我在这里再申明一下，我不管你是什么人，在我这里干就得按我的规矩来，你不要以为你能写个东西就觉得自己了不得，我不管你有多大本事，你只要在这我里干就得听我的，我这里不留大爷。我还是那句话，地球离开谁照样转，我这里庙小留不了你这样的大神，你觉得我这里管得严，你可以走人！

会议室里鸦雀无声。吴大不把名字说出来，而是拐弯抹角地一口一个"有的人"，特别是"仗着自己以前是某某领导的人"这句，这意思就有点明显了，虽然是说"有的人""某某领导"，但是谁都知道说的就是他杨永安，同事们眼睛一起瞟过来，齐刷刷地盯着他。杨永安一动不动地坐在那里，心把儿都忍痛了，打一份临时工，平时不少干活，工资却不到有编人员的三分之一，处处低人一等，还要受此羞辱，他真想把手里的怡宝扔过去，但一想着房贷、车贷，气一下子就泄了。

他知道吴大这么说的意思，那天给曾大打电话后他就有些后悔了。他让一个以前的领导来过问现任领导的工作，这多少有点让人产生借上压下的意思，但是电话打了他又不好再跟领导说不要过问了。政府机关各种关系盘根错节，各路派系错综复杂，各种矛盾利益交织，说话处事稍有不慎就会得罪一大帮人。他以前吃过这方面的亏，但是为了侄子、侄女的工作，他也顾及不了那么多了，考虑事情就没有那么周全了。如果说以前的事都是他无意埋下的定时炸弹，那么这一个电话则是炸弹的引信，一下子就引燃了所有的炸弹，根本没有回旋的余地。现在他要为自己的一时冲动买单，人家在上你在下想搞几下搞几下，这口气你得咽！他开始为自己以后在这里怎样生存下去感到担忧，吴大这个人工作能力没有，表面上一团和气，拍马钻营下黑手的能力极强，用权势压人，用阴谋害人，用手段整人，环环相扣，手段多、巧、阴、毒、狠。刚一调到这里来就把曾大任命的几个中层干部全部换掉，更别说他这种纸鼻子"官"了，一句话就可以一撸到底，甚至炒他的鱿鱼。以前因为工作的关系两人也有一些摩擦，但是总体上还过得去，后来因为母亲生病和去世期间，他不但不批假，反而变本加厉地施压。他明显地感觉到吴大对他的态度有了很大的变化，虽然没有狠狠地批评过他，但是这种变化就像雪崩前的安静，看着没有什么事，一旦爆发就不可收拾。那时工作的氛围很严肃，很紧张，有段时间，他真想一走了之。无奈的是，他现在这把年龄根本就没有合适的地方可去，以他目前的状况到工厂打工也只能看个大门搞个卫生了，他一有这样的想法，房贷、车贷也会一股脑儿地蹦出来，他陷入了两难之中，让他烦躁不安。有时很想发火，但火不知道向谁发……杨永安惊异地意识到，他可能跟吕莉一样提前进入了更年期，没错，男人也有更年期，他现在这种状况就是。

　　散会后，同事们像看怪物一样看他，从他身边匆匆而过，有的拍拍他的肩膀，也不说话就走过去了，生怕与他有一丝瓜葛。他心情坏到了极点，手不觉中又掏出了手机，他拨通了曾大的电话，他把事情跟曾大说了，曾大丝毫没有替他出头的意思，而是快快地说，人走茶凉，我的话他不听也没得办法。现在调到这里工作，你也知道，名义上是升了半级，实际上没有一点权力，就是一摆设在这里，我想帮你也鞭长莫及，甚至会像这次一样适得其反。他听了领导的话，顿时蔫了。领导都这样说了，他再硬碰无异于以卵击石。在办公室，那几个同事把头凑在一起小声嘀咕着，他一抬头或是扭头看向她们时，她们立即分开，紧紧地盯着电脑，手也在键盘上吧嗒吧嗒地敲起来，好似在紧张的工作中忙碌。

他今天提前回来了。一进屋就看见父亲正在阳台上抽烟。父亲每天抽烟都会躲在一边抽，尽量不让烟味在这个家里残留。嫂子仍然穿着睡衣躺在沙发上看电视，她现在迷上了电视剧《情满四合院》，吕莉一回来，她就会讲主人翁傻柱如何如何，秦淮茹如何如何，许大茂如何如何，都是一些生活琐事，不上档次却很接地气。嫂子吃惊地问，安子，你怎么这么早就回来了？我饭都没做呢。杨永安说，单位没啥事就提前回来了。父亲见他回来了，忙把烟掐灭，走进来说，安子回来了。他嗯了一声，说头有点痛，不吃饭了，我去床上躺会儿。

父亲还想说些什么，杨永安已扭身走进了卧室。

吃罢晚饭，吕莉在客厅陪父亲嫂子看电视。多多坐在梳妆台旁写作业。多多作业做得非常工整，字体有力，力透纸背，根本不像一个女孩子写出的字，在繁重的学习压力下她还主动报了钢琴培训班，尽管杨永安对这些外在的东西都不看重，但是对听话的孩子还是比较满意的。怀多多时，他正处于饥寒交迫的境地，他几次动员吕莉打掉孩子，等经济条件好一点了再要孩子也不迟，吕莉硬是不肯答应。那几年确实生活很苦，多多小时候的衣服几乎全部是人送的，有的是新的，有的是别人家的孩子穿过的，多多还小没有美丑的概念，给什么衣服就穿什么衣服；家里饮食方面更是简朴，以素为主，想吃荤菜就得走亲戚，那几年为了多多的身体吕莉没少回娘家，也没少挨娘家嫂子的白眼。现在条件好了，杨永安庆幸当初听了吕莉的话，不然这么听话乖巧的女儿到哪里去找？多多的学习他从来没有操过心，或者说有吕莉操心就用不着他来操心。今天多多好像有什么话要说，几次扭过头来看床上的杨永安。杨永安早就注意到了，他装着不知道，倚靠在床头看《多雪的冬天》，他由伊凡·瓦西里耶维奇·安东纽克联想到自己，自己不也正遭到一些不公平的对待吗？不知不觉中叹了一口气。多多回过头来看了看他，嘴里嘟嘟囔囔，也不知道她在说些什么。

杨永安轻声问，多多，你说什么？他无论心情如何糟糕，一看到多多就会好很多，就是装也得装成一个慈父的模样。

爸爸，我不想跟你们睡，我想一个人睡。

杨永安笑了，你一个人睡可以呀，等你梓豪哥哥、梓桐姐姐找到工作你就可以一个人睡了。

那他们什么时候找到工作呀？爷爷什么时候走呀？

工作？快了。杨永安说，爷爷就不走了，爷爷跟我们住在一起好不好？

不好！

为什么呀？

我不喜欢别人住在我们家里。

杨永安脸沉了下来，严肃地说，爷爷怎么是别人呢？爷爷是爸爸的爸爸，是这个世界上我们最亲的人，以后可不许说这种话了。

多多点点头，偷偷看了看杨永安，眼神飘浮不定，有点不敢直视他的眼睛，很胆怯，然后就把头沉了下去。杨永安走了过来，抚摩着多多的头发说，快点做作业吧，做完了早点睡觉。

九

单位异常平静，案审室里静悄悄的，她们都在浏览网页，偶尔小声嘀咕一下，而后又是一片沉寂。也有人提醒他注意吴大，这个人睚眦必报，一定要注意他随时伸出来的黑手。也有人让他服个软，送点礼缓和一下关系。他表面上满不在乎，其实内心很忐忑，在大脑里梳理这段时间来与吴大的交集。他想，曾大是不是和吴大有矛盾？毕竟吴大亦步亦趋地填着曾大留下的空，好像是活在他的影子之下。他从前一个单位开始，一直梳理到现在这个单位，试图厘清来龙去脉，各条线索很乱，很不好梳理，但是他一梳理就清清楚楚了，从哪方面说，也足以证明他确确实实、完完全全地站在了吴大的对立面，已然没有退路。这样他反而释然了，只能顺其自然，一副死猪不怕开水烫的姿态，等着吴大下一步棋怎么下。他像只待宰的羔羊丝毫没有反抗的力量，他现在看什么都有点反常，风声鹤唳，感觉气氛异常紧张，四处暗藏杀机，他已经闻到了空气中弥漫的杀气，带着咸咸的血腥味儿。可是他一直没有等到他想象的那样。听不到霍霍磨刀声，反而让他更加不安了，他不知道刀会什么时候落下来，他还要装着波澜不惊的样子，神态自若。渐渐，一切如初，他倒有些不适应了。待宰的脖子抻久了也会生乏意，他骂自己多疑，太平盛世哪有那么多尔虞我诈、刀光剑影！

今天他照常下班，回到家，家里空荡荡的，一个人都没有，可能是去红花山体育中心去了。这段时间吕莉一回来就带他们出去走走。如果他们都在家，顿时觉得房子太小了，多了四个人家里就显得很紧张，这里是人那里也是人，填充得满满当当的。他走到阳台上，长吁了一口气，眼神盯着前方的路。路两旁停满了车，还不断有车开过来找位置停。现在的车位特别紧张，往往是一辆车还没有走，另一辆就在一边守候了，甚至不停地按喇叭催促你早一点走，他迫切需要这个位置。

吃罢晚饭，一家人按先后顺序洗澡，没洗澡的则看电视、划手机，个个过得非常充实。像往常一样，吕莉已经给他泡了一杯黄芪枸杞茶。杨梓豪、杨梓桐的工作还没有着落，他一筹莫展，杨永安陷入了沉思。前几天父亲还问两个孩子的工作咋样了，他回答得模棱两可，软绵绵、虚飘飘地说，已跟领导说了，要缓一缓。父亲拍了拍他的肩膀说，只要有希望就行，缓一缓就缓一缓，反正这两个孩子也没事干。父亲又说，你在外面混了这么多年，一定要帮这两个孩子找一份体面活，我回去了脸上也有光。他不知怎么回答，只是笑了笑。这两天父亲也没有问了。父亲不问他也不主动提起。一大家子人很平静地生活。看来他们已经适应了这里的生活。他端起杯子吸了一口，立即把水吐在了地上，赶紧把杯子放在茶几上。吕莉关心地问，烫着没？杨永安说，还好。吕莉抽了几张纸放在地上吸水。吕莉蹲下身子时，他看到了吕莉白色的头皮，她的头发越发稀少了。杨永安不敢回想吕莉年轻时的样子，这些年来两个人在一起生活，勺子难免不碰锅沿，也曾横眉冷对，也曾拳脚相加，甚至还剑拔弩张地闹到要离婚的地步。可是毕竟没有什么大的矛盾，过几天也就风平浪静了，说什么感情又觉得太虚，也许仅仅就是为了维系这个家的完整，也许仅仅就是凑合着过日子。想想，谁的生活不是鸡零狗碎一地鸡毛，你看到了别人表面的光鲜，却没有听到他们笑容背后的哭泣。

睡觉时，他发现，一向不注意形象的吕莉，这次却穿了一件吊带的睡裙，露出大半个身子，刺眼的白。吕莉歪着头，妩媚地看着他。岁月催人老。吕莉已然失去了往日的神采，眼角上堆有细密的皱纹，整个人也胖了一圈，更要命的是，该胖的地方没胖，不该胖的地方却胖了。吕莉突然用双臂搂住了他的脖子，两眼撒娇似的盯着他。这是吕莉第一次主动做出这样亲昵的动作，他当然明白她的意思。他觉得女人在外面就得一丝不苟一本正经，把全天下的男人当作阶级敌人来对待，回到家就得是一个淫荡的女人，把自己的本性赤裸地呈现出来。他其实挺喜欢一个女人撒娇调皮的样子。她啪地关了灯，他们拥抱，他们接吻，他们在黑暗中熟稔地寻找着摸索着，这么多年的生活早已熟悉得不分你我。他有了男人的反应，一种久违的让她期待已久的力量在他身上腾起，并透过衣服把这种强烈的信号传递给她。他紧紧地勒住她的腰肢，恨不得将她搂进自己的体内。自从家里来人了他们已有好久没有在一起过生活了，他觉得有点亏欠吕莉。彼此熟门熟路，但仍显得急迫了一些，他动作不断加剧，似要把这么长时间落下的功课全部补回来。她突然发出一声呻吟，那是压迫已久的释放，他好久没有听到她发出这种声音了，听起来有些陌生，有些刺激，在这个寂静的夜晚却有些突兀，他怕让人听见，轻轻地捂住了她的嘴，轻声说，小点声，他们都在呢。她调皮地说，我不管。他又说，小心让多多听到。他们把头扭向一边，多多已睡熟。她胳膊牢牢地环住他，双手摩挲着他的背部，小声问，他们什么时候走呀？他怔住了，一下就没有了兴致，身体也停止了动作，像快速运转的马达突然熄火停了下来。这结果显然不能让她满意，甚至让她有些意外，她生气了，使劲儿拧了一下他厚实的屁股。他知道她生气了，但此时的他已经没有了情绪。他用力推开她，转过身子说，睡觉吧，明天还要上班呢。她一愣，抚摩在他身体的手无力地滑落，软塌塌地放在他身上，早已没有了那份亲近。亲近不仅可以从语言、表情、眼神上来体现，也可以从动作上体现，动作的力度很关键，重一点是什么意思，轻一点是什么意思，你都可以感觉得到。动作有时比语言表情更能真实地表达感情，表达一个人内心真实的想法，要多热烈有多热烈，要多陌生有多陌生。他感觉到她身体微微地战抖，一滴水滴在他的脖子上，很冰，却很快消失。她流泪了。他觉得自己的态度太不应该了，转过身来，借着半明半暗的光线看着她，她眼眶里噙满了泪水，在黑暗中闪着光，他不知道怎么安慰她，没有说话，只是轻轻地拍了拍她的背。这样的肢体语言很潦草，有敷衍了事的成分，类似于假模假式的劝慰，很伤人，既不讲政治又不讲大局，也很不负责任。她不管这些，反而更加生气了，把头扎进他怀里呜呜地哭起来。他还是那个动作，再一次轻轻地拍了拍她的背，像哄不肯入睡的婴儿。果然，她在他怀里睡着了，还发出轻微的鼾声。

他睡不着，眼睛盯着天花板，天花板像一张没有表情的脸，很大，也很严肃。一只蚊子从他耳边飞过，他不敢动，静静地等它停下来，想以自己的鲜血来换取它的生命，它好像洞悉了他的心事，挑衅般地在他脸旁飞来飞去，却迟迟不肯落下，后来不知道飞到哪里去了。后来，他不知道什么时候也睡着了。

第二天早上，他拉开窗帘，阳光哗地一下子涌进来，心里暖暖，心情一下子好了起来。新的一天开始了，他觉得今天一定有什么好事，心里莫名激动。他在心里念叨：您好！深圳！

晚上，吕莉回来了，目光放肆地看着他，那眼神黏黏稠稠的，里面有昨晚酝酿许久还没有挥发完的情绪，像没有燃尽的火，随时都有再次燃烧的可能。他从她的神情里读出了一个健康女人激烈磅礴的期待与渴望。他们的眼神紧紧地纠缠在一起，像两束跳跃的火。他笑了笑，揽住她的双肩，亲了亲她光洁的额头。她轻轻推开他，掏出一张卡，他接过来一看——维野纳酒店1008。他有些不解，傻傻地看着她，她没有说话，冲他一笑，转身离去，房间里还留有她身上的香水味。

匆匆那年

　　真正对深圳有一个大概的了解得益于八卦东。八卦东把中指放进嘴里，蘸了蘸口水，翻开了那本十六开的《中国城市地图册》，指着大公鸡最下面的一个小黑点说，这就是深圳。我们听了莫名地亢奋，蠢蠢欲动，手也忍不住搓了搓，虽然誓发了几次，最终我们没有成行，八卦东笑我们是语言的巨人行动的矮子，我们默认了，私下里我们说他何尝不是呢？我们喜欢和八卦东在一起，尽管槐树湾村的人说我们是一群不务正业的二流子，可是他们哪里知晓这群二流子也有梦想呢？也许在他们的眼里，我们的梦想只能是一个梦，永远无法实现，可我们不这样认为，我们坚定地认为我们的梦想是那么的实际，就像获取汉江河水一样容易，只需我们往地上插一根竹竿就能汲取出水来。

　　每天吃了饭我们就会聚在一起。现在的我们没有了任何束缚，我们没有东游西逛的习惯，我们只是喜欢像在学校时一样扎堆聊天，抽烟，讲黄色笑话。中考结束了。不出意外的话，我们面临的就是继续从事父辈的工作，我想也根本不会出什么意外，中考就意味着我们这一生的学习生涯画上了句号。如果硬说会有什么意外发生的话，那一定是发生在文子身上，他有个亲戚在县供销联社工作，走个后门把他弄进供销系统打个临工也是有这个可能的。文子不抱多大的希望，毕竟是亲戚，亲戚也要求爷爷告奶奶，自己想想都不容易又何必去麻烦人家呢？八卦东说，亲戚会不会帮忙是一回事，亲戚愿不愿意帮忙、能不能帮上忙又是另外一回事。八卦东的分析是有道理的，他常把老师辩得瞠目结舌，窘红着脸盯着八卦东。八卦东往往不顾及我们的感受就把话秃噜出来，我们都认命，命摆在那里，一眼能看透，不要戳破嘛，这样就太没有意思了。一眼看到头的人生让人觉得这样活着特他妈的没有意思。我们有点儿不甘心，毕业就失业，我们也见怪不怪了，在这样平淡如水的日子里仍盼望着能加上那么一丁点酸甜苦辣的味儿。谁不想给自己安置一个虚拟的梦想呢？就算一生虚度，那梦想也足以让我们厚着脸皮在这个没有意思的世上顽强地生存下去。我必须给自己制造一个缥缈的梦想，沉浸其中永远不要醒来。八卦东这人就是这么讨厌，他总是残忍地把沉浸在梦中假装不要醒来的我们给生生叫醒。

你们是不是在说王老师？呵呵，对不对？不用问，我就知道。八卦东的身子像他的语速一样旋即到了我们身边。每一次聚会，他总是最后一个出现，这样也就显示了他为尊我们为从的关系。八卦东见面的形式和开场白一般是以这样的方式开始的，特让人讨厌，又特让人期待。

你们知不知道，王老师为什么能当教导处副主任？八卦东故作神秘地问。

我们相互看了看。没待我们回答，八卦东机关枪似的"嗒嗒嗒"

地抢先说道，我知道你们肯定不知道，但是我知道。

我张了张嘴，八卦东仍然没有给我说话的机会，他说，她肯定跟徐校长……哈哈，你们想想看，她连级长都不是，一下子从一名普通的老师升为副主任。八卦东笑了笑，那笑意从他的眼里、嘴边流了出来，有一点坏坏的味道，傻子也能听出他话里的意思。他低声说，有一天下自习我从徐校长办公室过，我看见王老师从他的办公室出来，神色慌张。说完他把食指竖在嘴边"嘘"了一声，我们点了点头，心领神会地笑了笑。这意思太明显了，还用得着说出来吗？八卦东总能给我们带来一些新的东西，也许是一件旧事，也许是我们也知道，但从他嘴里说出来就不一样，哪里不一样我们说不上来，这玩意儿只能意会不能言传，总的来说吧，就是听起来那么新鲜那么有意味。八卦东给我们的生活增添了一点味道，这也是我们喜欢和他玩的原因。

我们众星捧月般地围拢在八卦东身边。我们几个人的位置是固定的，就像那些领导出席记者见面会一样，谁站在中间，谁站在左边，谁站在右边，这些都是有讲究的。八卦东笑了笑，低着下巴，很神秘地说，你们知道不知道，二平在深圳一家夜总会上班。我们摇了摇头。他又说，听说是在干什么DJ，一个月有几千块。DJ是什么玩意儿我们不知道，但是一个月几千块打死我们也不会相信，当县长也拿不了这么多钱，何况一个打工的。八卦东分析说，能拿这么高的工资只有一种可能。我们异口同声地问，哪一种可能？做鸡！八卦东说完仰起脖子乜起眼睛，那股子傲气劲儿出来了，真是想捶他两拳才解气，我们不得不服他的分析又是那么有道理。如果二平真在深圳那边干这种事，我们是不屑一顾的。钱，我们都喜欢，但这种事我们是做不得的。我们没有这个条件和资本做的事，我们必须鄙视它。

八卦东沉默了。往往这个时候他在想事情，我们一般不会打扰他。我们静静地看着。过了一会儿，他才缓过劲来，像做了一个艰难的决定，他说，这年头笑贫不笑娼，要不，我们去找二平，让她帮我们找一份工作，总比待在家里强吧。我们沉默了，找二平我们有些不愿意，对深圳我们却很向往，我们很惆怅，八卦东说去找二平已说过好多次了，一直没有兑现。有一次他把行李都收拾好了，我们以为他下定决心去深圳了，结果第二天他又笑眯眯地出现在我们面前。八卦东看到我们的表情，也觉得没意思了，只好转移话题。他说算了，不说深圳了，还是说说我们的"失业者协会"吧。八卦东的话像是一阵风，把我们的惆怅吹走了，阳光从我们眼里漏了出来，我们又有了精神。

这段时间我们正在谋划成立一个"失业者协会"，我们在为成立"全国失业者协会"还是"世界失业者协会"而伤神。这件事已经耽搁好些天了。这样下去不行。看得出来，八卦东准备得很充分，他可能查了一些资料，这样他就可以引经据典旁征博引。八卦东分析说，"全国失业者协会"只能算作一个国家级的民间组织，到了联合国就没有了发言权。要搞就搞大的，我们成立"世界失业者协会"，虽然也是一个民间组织，但名头大。我们点了点头。他加重语气说，总部就设在我们村。设在我们槐树湾？大三嘴巴抿了半天，没忍住，"扑哧"笑了，口水沫喷了出来。八卦东瞪了他一眼，脸色有点不好看。大三没有注意到八卦东的面部表情，边笑边说，笑死我了，笑死我了，一个世界级的组织设在我们村，还是总部。八卦东严厉地说，在我们村设总部怎么啦，咋的？你还瞧不上我们槐树湾！梵蒂冈小不？全世界天主教会两千多个高级宗教职位都要得到他们的任命，有八亿多的天主教信徒。梵蒂冈我们是知道的，大三不笑了，我们也被八卦东的话震住了。八卦东接着说，再说以后我们还可以在武汉、北京、上海设立分部嘛。他顿了顿说，以后其他国家想成立这个组织必须向我们申请，由我们审核批准后他们才能成立，以后我们还要召开世界失业者扩大会议，各个国家、地区的失业者协会必须来我们这儿参会，这样就造成了一种万国来朝、四夷臣服的盛世景象，想想看，是不是很牛！说完，八卦东双手抬起，一副君临天下的姿态。

八卦东长吁了一口气。我们知道这个时候他肯定要发表什么感慨了。果不其然，他铿锵有力地说，深谋远虑，行军用兵之道，非及曩时之士也。这也是八卦东常挂在嘴边的一句话。说完他又仰起了脖子，乜起了眼睛。接着他叹了一口气，很无奈地说，说了你们也不懂，我解释一下吧，用现在最通俗的话来说吧，就是眼光有多远，世界就有多大。八卦东所说的"通俗"两字就是没有水平的意思。虽然我们有一些不服气，但在心里还是挺佩服八卦东的。比如他刚才说的这句话吧，我们耳朵都听出茧子了，可是至今我们也不能把这句话说全，更搞不明白是什么意思。

是的，如果我们先把"世界失业者协会"的牌子挂起来，以后谁再挂必须得到我们的许可才可以，否则就是侵权。小六子附和着说，我们还可以收取一部分挂牌费，也可以向"失业者协会"的会员收取会费。小六子认真的样子非常好笑，这个时候我们却笑不出来了，我们在幻想着世界各国、各地区争着抢着来向我们申请挂牌，成千上万的人排着队向我们交纳会费。

八卦东说，收会费就不必了，"失业者协会"，顾名思义，就是没有工作的一群人，他们哪里有钱给我们呀？当然我们如果能帮他们解决工作问题，象征性地收一点费用也是未尝不可的，我们不是为成立"失业者协会"而"成立失业者协会"，我们成立"失业者协会"的初衷就是要帮助那些失业者实现就业、致富，实现世界大同。

听他这么一说，我顿时觉得我们的"失业者协会"更加高大上了，我若有所思地点了点头。小六子用力拍了一下我的头，手又立即弹起，似蜻蜓点水，我的头皮阵阵发麻，而后才感觉到电击般的疼痛。小六子嘲讽地说，你点个屁头呀，好像你懂了似的。我白了他一眼，正要反驳。八卦东双手一抬，手掌向下轻轻一压，示意我们不要闹了。我向日葵似的望着八卦东，学生般地聆听他的讲话。

八卦东正了正腔，拖长了音说，我们这个"失业者协会"呀，以后的发展趋势还要往学历教育、技能培训、工作介绍、开办各种实业等方面发展，不断提升失业者的综合素质和工作技能，创造就业条件，确保不让一个具备条件的劳动力失业。八卦东说完，右手猛地往上一扬。我们看着他，只有景仰的份儿。八卦东的话通俗易懂，显而易见，他是故意说得这么直白的，好让我们吃透弄懂他的讲话精神和掌握好精髓要义。我年龄小，现在还不往就业那方面想，八卦东所说的学历教育、技能培训却吊起了我的胃口。

小六子说，好倒是好，远景规划我们也有了，万事开头难，那我们下一步该怎么办呢？

八卦东果断地说，当然得挂牌子！

我憋红了脸问道，咋、咋、咋挂?

文子等了好久，终于逮住了这个机会。他说，挂牌要到县工商局申请，我们要提前注册这个商标，以防被其他人盗用。文子看了看我们，我们都没有说话，他拍胸脯说，这个事交给我就行了，工商局就在我姑父家附近，我对城里熟，这个事交给我就行了。文子自告奋勇，他说他百分百能搞定。

八卦东对文子的话给予了充分肯定，他点了点头说，文子说到点子上了，既然提到了商标这个事，我认为很有必要，只要我们先注册了这个商标，以后谁想用，没有经过我们的允许谁都不能用!管他是美国还是英国，我们先注册的我们就是老大。八卦东口气坚定果敢，好像这事已经板上钉钉了。

我这时想打个哈欠，可能是昨天晚上看《戏说乾隆》的原因，我太喜欢春喜了，他们都说春喜不好看，可我就是喜欢她活泼俏皮、乖巧可爱的样子，我连看了三集，就连中间插播广告时去撒尿也是速战速决，有好几次没有尿干净，尿滴在了裤裆里，幸好是晚上没人注意，不然羞死人了，我生怕漏掉一点内容，连主题曲我也要听全的。八卦东以为我要说话，指着我说，你是不是要说"好呀好呀"。我赶紧捂住嘴巴，点了点头。在这样的情况下，我和大三是没有发言权的，我话说得费劲，他们听得更费劲，有八卦东在的话我基本上没有说话的机会，我一张嘴会被他及时制止，他每一次制止都会得到大家的赞赏。大三不说话是因为他长得太瘦，个个喜欢调戏他，或者说欺负他，用八卦东的话说，说他瘦得像只猴子那是在侮辱猴子。小六子经常欺负大三，他右手把大三的头一扣就像扣住了篮球，手一转，大三整个人跟着转，像一只旋转的陀螺。大三内心是强大的，也是有攻击性的，他不甘心受人摆布，有时他也会插话发表自己的意见，并且多次尝试武力"反叛"，未果。小六子是八卦东坚定的拥趸，他们俩经常联手"平叛"，大三次次"反叛"均以失败告终。八卦东经常语重心长地说，人要有规矩意识，如果每个人都不按照规矩办事，你不听我不听，那么一种无法无天的风气就会盛行。在这种风气的影响下，诸侯纷起王室衰微，岂不天下大乱？八卦东的话看似说给大三听，其实也有告诫我们的意思。我们想挑战八卦东和小六子，力量明显不足。有小六子在，八卦东这个核心地位基本上没有动摇过。有八卦东在，小六子像吃了汇仁肾宝片，腰杆挺得很直。我、大三一直与文子友善，文子家有电视，没事儿我们就去他家看电视，多少个空虚无聊的假期我们都是在文子家的电视机前度过的。文子多次私下表示出对八卦东的不满，一种同室操戈的意味很浓，文子可能还在等待，待到浓得化不开时，他才会出击，比如说小六子每次调戏大三，文子不仅在语言上甚至在表情上都没有任何表示。他现在还不能确定我的态度，我的态度对他来说至关重要，可以起到千钧一发的作用，虽然我们整日里混在一起，文子顾虑我与八卦东没有出五服的这层关系，他一直在等，一旦我和他结成同盟的话，八卦东的位置就岌岌可危了。

八卦东说，要成立"世界失业者协会"必须要有自己的制度、行动纲领、指导思想等，不然就如无头苍蝇四处乱撞，会撞得头破血流。八卦东说完，个个望着我，虽然我说话不利索，文笔却是公认的，倒不是我能写一手漂亮的错别字，主要是我的语句通畅，而且字迹工整，犹如钢板刻出来的一样。

我说，我、我、我写。

我们再次见面时，我已把章程写好了。我是满意的。我是下了功夫的。字体一笔一画，一丝不苟，苍劲有力。我说，世、世界……

八卦东说，"世界失业者协会章程"拟好了？

我吃力地说，好、好、好了。

八卦东问，在哪儿？

我从口袋掏出了"章程"，那是我查阅了大量资料，花费几天时间撰写的，又用了一天时间誊写在信纸上。

八卦东接过来看，眉头越皱越紧，我的心也跟着紧了。八卦东用领导般亲切的口气说，营长，看来你还是下了一番功夫的。我听了他这种口气心里有些不舒服，老觉得很别扭，想了半天才想出来，八卦东一向以刻薄的讽刺话来与我对话，他刚才叫我"营长"而不是"结巴营长"。我的耳朵已经不能适应八卦东的变化了。我的这个绰号来自电影《突破乌江》。自从大家叫我"结巴营长"后，我说话越发结巴了，像舌头打了个结，怎么也利索不起来。这并不影响我们五个人的友谊，尽管我们龃龉不断。八卦东加重语气说，但是……这一个"但是"又让我把心提到了嗓子眼儿。我静静地看着八卦东。八卦东右手食指点了点信纸说，但是，最关键的问题你没有写上。最关键的问题是什么，我们心知肚明，都装出一副与己无关的样子。

八卦东见我们没有动静，问道，营长，怎么能没有领导班子呢？一个章程里最重要的就是要有组织架构，如果没有这个组织架构，其他的内容写得再好也是白搭，这就好比是有一万名士兵，没有将军元帅，仗怎么打？你打你的，我打我的，这怎么行嘛，人无头不走，鸟无头不飞。是不是？

我窘迫得脸红了，搔了搔头说，我、我，不知道，怎、怎么写？

不知道怎么写，那我们现在就敲定下来，你赶紧给我补上。八卦东说。他说的是给我补上，说明他已经把这个协会当作自己的协会了。

我点了点头。

今天我们就把"章程"完善好，然后去县工商局里注册。八卦东说完看了一眼小六子。小六子轻轻地眨了一下眼睛。

大三抢着说，我看还是让文子当"失业者协会"的主席吧，他有亲戚在城里，申请注册没有他不行，论功行赏的话也应该是他。

小六子马上反驳，你知道个鸟！"世界失业者协会"是谁最先提出来的？

大三愣了，说，是我们一起想出来的。

小六子举起右手做出一个要打人的动作，他以为会吓住大三，没承想，大三只是缩了一下脖子，并没有像往日迅速溜走，眼睛死死地盯着小六子。小六子很惊讶，他说，大三，我告诉你，这个"失业者协会主席"一定要庆东当。

八卦东笑了笑，那股子傲慢，从眉眼间毫无顾忌地肆意地倾泻而出，多么招人恨呀，但是他偏偏用领导般和蔼可亲的语气对小六子说，也不能说得这样绝对，我们还是要讲究民主嘛，我们也要征求一下"营长"的意见嘛。八卦东的眼神柔和而温暖，就在我的目光与他的目光对上的那一刹那，我看出他假装镇定的眼神里充满了慌乱。我扭头看了看文子，文子白白胖胖的脸上泛起了红晕，他无所适从地看着我，充满了期待。我知道，他心里没有底，他那种忐忐的心情和可怜的表情多么让人同情，也唤醒了我的良知。我说，我、我们，按姓氏，笔、笔画，来排。

文子双掌一击，发自肺腑地感慨道，好！好啊！这个主意好啊！

八卦东怔住了。小六子怔住了。大三怔住了。八卦东的眼神如打翻的蜡台正在愤怒地燃烧，我直直地对上去，目光丝毫没有退让，我对我今天的表现表示满意，我非常高兴我能如此地镇静。我看了看文子，我的话太意外了，他内心翻滚的窃喜已经从他兴奋得手足无措的样子赤裸裸地呈现出来，刚才那突然的一击掌和一叫好，更是将这种窃喜表露无遗。

是的，他们谁也没有想到我会说出这样的话。文子大名叫于博文，八卦东叫曾庆东，我提出按姓氏笔画来排是下了一个套，就算你想反驳说不按这个姓氏笔画排，按姓氏拼音排也轮不到八卦东。这才是文子叫绝的原因。

小六子想了想，犹豫了一下才说，按姓氏笔画排，那你们平时叫庆东什么？

我们对视一下，都没有说话，"八卦东"只是我们私底下的叫法，谁会当着他的面叫呀。小六子很得意地说，如果按姓氏笔画排的话，那庆东叫"八卦东"，"八"是两笔。

大三嘴角抽动，嘲讽地反问，"八"是姓吗？

八卦东狠狠地扇了一下小六子的头，责问道，你他妈的才姓八。小六子摸了一下头，沉默不语了，把食指伸进嘴里，用指甲在牙齿上刮，刮出一层黄黄的东西，指头一弹，没有弹掉，他又用力吹，吹了好几次才把那黄色的东西吹掉。八卦东生气了，有些兜不住了，那怒气如起火的电线皮"叭叭"往下掉，他说，既然"营长"

这样说了，那让文子当主席吧。说完，他尽量保持着愉快的微笑，如果是以前我可能会觉得这笑容发自肺腑，现在看来却像一个三流演员的拙劣表演。

大三仿佛打赢了一场仗，用胜利的口吻说，副主席让庆东当吧，按姓氏笔画是我王三当的。大三的话有些伤人了，让八卦东脸上有些挂不住，我以为他会拂袖而去，可是没有。他挤出一丝苦笑说，大三，那我要好好感谢你哟，然后笑着与我们一一握手，像电视里放的那些刚当选的领导干部与代表们握手。

"失业者协会"班子成员就这么定下来了，"世界失业者协会"主席由文子担任，主持全面工作；八卦东任副主席，协助主席工作，分管外事工作；小六子任协会常委、纪委书记兼秘书长，负责"世界各国失业者协会"的廉政和作风建设；大三任协会常委兼组织部部长，负责世界各国"失业者协会"筹建审批及队伍建设；我没有想到我一个结巴竟然能担任协会常委兼宣传部部长。我把组织架构一笔一画地写好，"五大常委"的排序及分工已尘埃落定。

我们决定每人出资五十块钱去县里注册，约定明早七点到街上碰头。为了防止我们中途反悔，八卦东提前将钱收了。眼看着我们的宏伟计划就要实现了，我们有说不出的兴奋。八卦东像主席一样，再一次很正式、很官方、很亲民地和我们一一握手，严肃地说，明天不见不散。

第二天一大早我就起床了，我从文子家门前经过时，他家大门紧闭，他肯定兴奋得睡不着觉。我吹了几声口哨，按照以往的接头暗号，我吹了三声他得回一声，可是没有人应，我只得喊了几声，还是没有人应，我想文子是不是已经出发了。他太兴奋了，我埋怨文子有点不够意思了，如果不是我这关键的、神圣的一票，主席的位置铁定是八卦东的，他刚当上主席就抛下我独自走了，如此脱离群众，真不知他江山永固后会怎样对待我这样的"开国元勋"，想到这儿，我有一点"鸟尽弓藏，兔死狗烹"的感觉。路上我碰上了大三。接着，又碰上了八卦东和小六子，他们俩有说有笑，见到我们才停止了笑声。现在六点多一点，天已大亮，霞光万道。这是一个阳光和煦的早晨。这样的天气总会让人心情舒畅，但我还是有一点小失落，因为文子，怎么说呢？早知道他是这副德行，真不如让八卦东做主席算了。我心里懊悔着，低着头走路，用解放鞋的鞋尖踢着路上的小石子，石子如同燃放的爆竹在路间乱窜。阳光透过白杨树洒下来，弄花了林荫道，白杨树叶子墨翠欲滴，枝条尖上的树叶是嫩绿的，甚至是嫩黄色的，一副生机勃勃的样子，泛着光，风轻轻一刮，光滴落在路面上，摇晃着，阳光的碎影一会儿过来，一会儿过去，像河水泛着耀眼的光。我身上渐渐变暖了，有阳光暖和的味道，也有白杨树叶清新的味道。

街上已是一番热闹的景象，做生意的商贩开始忙碌了。八卦东和小六子坐在转盘的台阶上，闲聊着。我和大三四处搜寻文子。

文子去哪儿啦？大三问。

我、我，哪儿，知道？

小六子说，走吧，文子他今天不会来了。

不、不、不会的，昨说、好好的。

八卦东坐在台阶上跷起了二郎腿。大三小声问我，文子怎么搞的，怎么还不来呢？小六子说，走吧，我说他不会来了他就不会来了。我们不说话，四处张望，希望能从人群中找到文子。八卦东抬起左臂，看了看手表，说七点钟我们准时出发。我们又等了一会儿，仍不见文子的踪影。这时，停在不远处的班车按起了喇叭，仿佛催促我们出发。八卦东站起来说，走吧！说不定文子已经提前出发了，说不定他正在工商局等着我们呢。大三对我说，是呀是呀，说不定文子已提前到了城里。

我想也是，只好说，那、那，走、走吧。

八卦东大手一挥，一副伟人的气派，慷慨激昂地说，从今往后，我们都是一个组织的人了，以后大家有福同享有难同当。八卦东这几句话把我们都拴在了一起，看来他并没有在意我把神圣一票投给文子。我心里暖暖的。

我们坐上了班车。路两边的白杨树飞速往身后跑去，我看到它笔直的身影一闪而过，窗外的庄稼，一大片一大片的，特别有精神。这时我才发现离家越来越远了，心里空落落的，不是个滋味，好像自己要去一个很远的地方，再也不会回来。整天待在家里，我觉得很厌烦，到了真正要离开了又对它很依赖，我暗骂自己没出息，只是去一趟县城而已，又不是留在城里不回来了。

很快到了县城东站。我们下车后沿着马路向前走。我们漫无目的地走，我们没有进进城，不知道该怎么走。对于我们来说，县城就是远方，一个未知的世界，值得我们去探寻。我们边走边好奇地打量路两边的建筑物、商店和人。城市与乡下的区别是从房子开始的。矮的房子也有两层，渐渐高楼多了起来，都是六层、七层的，道路越来越整洁，过往的人穿着很体面，干干净净的，我们应该是进城了。

没有文子，我们照样进得了城。我在心里哼哼。

　　城里跟我们乡下不一样的地方真不少。乡下车少，行人悠闲，城里则是车来车往，路上的行人行色匆匆，道路两侧的商铺门口放着一个很大的音箱，从里面传来流行歌曲，在我们镇上只有"一剪美"发廊才有音箱。我们在喧闹的街道上边走边看，时不时有人冲我们叫喊，推销服装鞋子之类的物品。我们过一会儿会看一下八卦东，城里小偷多，用镊子夹钱包，用刀片划皮包，我们的眼神是在提醒八卦东保管好钱。八卦东不说话，右手往裤袋上一拍，意思是说钱在呢。

　　太阳到了头顶，气温升高了，我心里慌得很，不停地用口水润湿嘴唇。穿过这条长街，我们紧张的心才放了下来。我感到有点饿了，肚子叫了几次，我不好意思开口，我看见大三揉了好几次肚子，我猜他早上也没有吃东西。街边有一家包子铺，从蒸笼里散发出来的香味使我迈不动步子了，我盯着蒸笼，又盯着一个食客手里的包子，我看着它一点一点地被他吞下去。大三用肘拐了我一下，八卦东和小六子正盯着我看。我尴尬极了。他们俩笑了。我准备往前走，发现他们没有走的意思。八卦东犹疑了半天才说，你们是不是饿了呀？呵呵，对不对？不用问，我就知道。八卦东停顿了一下，又说，我猜你们早上出门时肯定没有吃饭，是不是？我就知道。走了这么远的路，都饿了吧。这时肚子又不争气地叫了，我忙点了点头。八卦东用商量的口气说，要不我们买一点东西吃吧？小六子立即响应，好啊好啊。八卦东说，那我们就用公款买，到时候 AA 制平摊。我们点头表示同意。八卦东说，我看还是买馒头吧，便宜，吃了耐饿。小六子说，好啊好啊，馒头经济实惠。我和大三跟着说好啊好啊。我们每人两个馒头，蹲在包子铺前大口地吞咽，全然不顾旁边一个肮脏、臭味扑鼻、落满苍蝇的潲水桶。八卦东吃完了，双手往潲水桶上面使劲儿一拍，白色的粉末伴随掌声一起落入桶内，里面的蚊蝇惊醒过来，嗡嗡嗡地四处乱窜，像轰炸机轰隆隆地起来又轰隆隆地降落在桶沿上。

有了两个馒头垫肚子，顿觉没有刚才那么饿了，干咽馒头，总觉得少点啥，我们看了看门口立着的一个冰柜，里面放的是冰棒、雪糕、汽水，谁也没有开口。八卦东说，走。我们跟着说，走。我们一起向前走去。

工商局在哪儿？我们不知道，八卦东再次发挥了他口才的优势，问路时噼里啪啦一大通，被问的人只得乖乖地"交代"我们要去的地方在什么位置。

我们走近了一个很大气的院落，门口蹲着两只很大的石狮子，一边一只，铁大门敞开着，门卫室有一个老头趴在桌子上睡觉。我们远远地看着，不敢再走近。八卦东说，弟兄们，看到没有，院子里头有一棵橘子树。八卦东的话不用全部说出来我们已知道他的意思。八卦东示意我们小声一点，我们跟在八卦东的屁股后面蹑手蹑脚地溜进了院子。

橘树上面挂满了橘子，青乎乎的，和叶子一样，只是它们比叶子要喜人。我看着这橘子，立马不渴了，嘴里有一股酸水涌动，我偷偷地咽了下去，我看见小六子的喉咙上下滚动着。八卦东示意我们摘橘子，我们迫不及待地动起手来。八卦东踩在树枝上去摘上面一个大橘子，树枝"啪"的一声，断了，我们感觉不妙，赶紧往门外跑去。老头醒了，循声出来，大声喊道，干什么的?！我们冲了过去，他张开的双臂僵硬地停在那里，不像抓鸡的鹰，倒像护雏的母鸡。我们已经跑得很远了，身后传来老头的骂声，小兔崽子！让我抓到没你们好果子吃。

我们一直跑到他看不见的地方才停了下来。我才发现大三不见了，我忙问，大、大三呢？

八卦东说，是呀，大三呢？

小六子说，是呀，大三呢？

八卦东说，大三不会被老头给逮住了吧？

那、那咋办？

八卦东低头不语。我看了小六子一眼，小六子也低下了头。我急切地说，要、要、要不，我们去、去救他。八卦东坐在马路牙子上，眼皮没有抬一下，说，回去不是找死？又补充说，不能为了他一个人而牺牲我们一个大部队。

我愁眉不展，搓着双手来回踱步。八卦东抬起头白了我一眼，厉声说，"结巴营长"！你他妈的来回走，把老子眼睛都转晕了。我怔了一下，小心翼翼地坐在八卦东身旁，我希望这个时候他能拿个主意。他没有出声。我们就这样一直默不作声。小六子剥开了一个橘子，酸酸的味道弥漫过来，小六子嘴巴发出"吧唧"的咀嚼声。我嘴巴发酸了。

也不知过了多久，大三还是没有过来。八卦东打破沉默，说这样等下去也不是办法，要不我们先回去吧。

我睁大眼睛盯着八卦东，八卦东有些不好意思，他知道我心里的想法，辩解地说，我有什么办法呢，谁让他跑得慢呢？我梗着脖子说，要、要回，你们回，我在这、这里等。其实我好希望他们能陪我一起在这里等大三，我怕大三被抓去坐牢。

沉默了几分钟之后，八卦东说，你在这里等好了，我可要回去了。他站起来，小六子跟着站起来。他先是犹疑地站了一会儿，然后走了，小六子也跟着他走了，留给我两个背影，没多远他们俩搂在了一起。我冲着他们俩"呸"了一口，心里骂道，怕死鬼，胆小鬼。我很鄙视八卦东，早上他口口声声说要有福同享有难同当，眨眼的工夫那誓言就被现实击得粉碎。

我不知道该怎么办，一个人傻傻地干等，想着大三会不会被关进派出所，会不会挨打，见到他爸妈我怎么说。我蹲在地上，头垂着，小声抽泣着，而后控制不住失声痛哭起来。我的哭声掺杂在街上传来的嘈杂声中，显得那么无助。

哭什么？

我听到一个熟悉的声音。我抬头，忙用袖子抹干眼泪，是大三！他正咧着嘴巴冲着我笑呢。不知他什么时候站到了我面前，看他的表情应该有好久了吧，我站起来给他了一拳，他仍冲着我笑。他问，八卦东他们呢？我愤愤不平地说，他、他、他们死、死了！大三说，我就知道他们会丢下我不管！

我没作声，使劲儿地点头。

大三很神秘的样子，好像要告诉我一个秘密，我忙问，找、找到，工、工商局了。他说，找个屁！他接着说，那老头把我抓住了，没有骂我，也没有打我，只是罚我帮他搞了一下卫生，我把整个院子扫了一遍。呵呵，后来我又去门卫室扫，趁老头不注意，我把他桌子上的一包烟给揣进了兜里。呵呵，是过滤嘴的香烟。大三很得意地说。这时一支香烟变戏法似的在大三手里出现了，然后又是一支，接着又是一支，右手食指、中指、无名指、小指的指间各夹着一支烟，接着左手冒出了一包。我看了看，里面至少还有十只，我羡慕地看着大三。大三说，你闻闻，香得很。我把鼻子凑过去，一闻，真的很香，我说，真、真香。我不认识那个烟，上面用红色的笔画了一个塔和山，跟剪纸画一样。

大三说，这烟叫红塔山，十几块一包。

我不信，这、这、这么贵！

大三解释说，这烟是云南的烟，贵得很。

大三没有把烟给我抽，这么好的烟他舍不得给，我有些失望。路边趴着一只大黄狗，正安详地睡觉，一阵风吹来，黄狗身上的毛被吹动了，我惊奇地发现，黄狗眯着眼睛面带微笑。是的，千真万确，黄狗竟然在笑。我敢断定它这时正在做梦。一只狗所梦的或者说狗的梦想无非就是一次交配或者一根骨头。我的梦或者说我们的梦想无非就是成立这个"世界失业者协会"，现在这个梦想还能不能实现？我不知道，我把希望寄托在大三身上。我把目光投向了大三。

大三不慌不忙地把烟收起来，一副不忍释手的样子。他说，时间也不早了，我们也该回去了吧。

我听了，慌了，急切地问，不、不去工、工、工商……

大三打断我说，去个屁！还"世界失业者协会"，狗屁！他的脸拉得老长，铁青着，仿佛跟这个世界有仇。

他见我没有动，笑了，捂着肚子蹲了下来，边笑边指着我说，你个大傻帽！还当真了？就算我们真的去注册，工商局会注册？不骂我们是一群神经病才怪。大三大笑而去。

大三朝着城外走去。我跟在后面。我很失落。说真的，我有一点不舍，毕竟我为此付出了大量心血，我还惦记着"世界失业者协会"宣传部部长的位置呢。

路上，我们再没说什么。在返回的班车上，我也没有说话，大三也没有说话，好像在想心事，脸一直板着，跟班车的铁皮一样。也许他在为八卦东生气，如果今天文子在的话又会是一个什么结局呢？

后来文子告诉我，不知道是谁把这个消息告诉了他父亲，他父亲把他狠狠地揍了一顿，第二天天没亮他就跟他父亲下地干活去了。我没有问是不是八卦东、小六子在后面使坏，再问就没意思了。此后我们"五大常委"的关系明显疏远了，村子里也安静了许多。突然，又传来了八卦东要去深圳打工的消息，连行李包、牙膏牙刷、毛巾、内衣内裤都买好了。当听说八卦东要去深圳打工时，我们都不相信。因为这话他已经说过很多次了。然而，这次是真的。

八卦东是突然"失踪"的，他妈妈说他去深圳打工去了，在一个叫八卦岭的地方。我们更不信了，我们认为他肯定是去亲戚家玩去了。然而，这也是真的。

一个月后，八卦东给我写了一封信，如果仅从信的落款还不能说明什么，那么邮戳清清楚楚地印着"深圳八卦岭"的字样，我们都信了，异口同声地说，他妈的，还真有八卦岭这样的地方。我们觉得，八卦东到八卦岭打工是最契合不过的了。我在心里盘算要不要去八卦岭找八卦东，我不知道八卦东会不会接纳我，我也不知道八卦岭的工作好不好找。如果八卦东不帮我找工作，我至少还可以去投奔二平。

我必须出门远行，我正青春年少，不敢虚度时光，我怕时光会疯狂地报复我的中年和老年，那时的我将毫无还手之力。

回家吧，海风

老牛

老牛很少出门，一直窝在家里，像是害怕有人会把他家的那四面墙壁给偷走。不过，他在家的时间也不长，常年出门在外，家倒成了一个旅店，一年难得回来住上几天。他已记不得这是第几次出门了。他像往常一样，每次出门都是偷偷摸摸地走，每次回来也是偷偷摸摸地回。他不想村里人知道。两声狗叫，又是一片沉寂，像静止的风抚平了湖面。他知道，只要大门一上锁，大家都能估摸出来，关于他一家人的话题又会再次被提起，要不了多久，人们又会忘记。他管不了这么多，只是不想让人看见，像夜行的贼生怕在行窃的过程中碰上了熟人。

好大的罩子。老牛走在雾中自言自语。槐树湾的人跟其他地方的人不一样，这里的人不说雾，说"下罩子"。"罩子"比"雾"要生动形象。他走进罩子里，很快没了影儿，他能看见自己，但是十米开外就是一片朦胧。罩子像一只巨大的怪兽把他给吞噬了。在罩子里行走，一种看不到尽头的感觉，既像进入了梦境，更像步入一个混沌的世界，顿时失去了时间和空间的概念，但是他仍然担心会有人突然钻了进来。他看见一个孩子往他这里跑。那孩子长得虎头虎脑的，是海风，定眼一看，觉得不像，又觉得就是海风，他喊了一声"海风"。海风冲他呵呵一乐，他伸开双手去揽海风，海风身子很灵活，躲开了他的双手，拐了一个弯儿从他身边嬉笑着跑开，他不死心，伸手一抓，什么也没有。海风，海风！他大声喊。他突然清醒了，罩子已经消退了一些。他发现自己站在路边，双手抱住了一棵白杨树，白杨树叶子哗哗地响。这段时间，他老是陷入毫无止境的梦魇里，海风奔跑的影子一直嵌入他的脑海里，像梦，更像幻觉，虽然海风最终还是会从他眼前消失，但他却像个吸毒上瘾的人，对这样的场景十分迷恋。他甚至不愿醒来。一旦醒来他心里特别空，特别失落，好像出了一趟远门，远途跋涉的疲惫让他感受到身体被抽空了一样。最终，他还是会醒过来的，他在梦境与现实之间来回穿梭，那短暂的时光却是他最幸福的时光。这种感觉别人不能理解，也不会理解。这时已是早晨六点了。罩子越来越稀薄了。他看着罩子慢慢消退，像缕缕丝绸从身边飞走，让人抓不住摸不着。他看了看肩膀和双臂，上面什么也没有，他希望能找到罩子残留的印迹，有罩子留下的痕迹就会有海风留下的气息。海风身上有立春身上的味道，那是他还没有完全断奶的缘故，那股子奶腥味儿很强烈地留在海风身上。罩子什么也没有留下，就像罩子里的海风从他身边跑过一样。这种失落感立即填充了他的内心。

路上，他没遇上一个人。他长嘘了一口气。

街上人不多，第一班客车已经发动了，车战抖着，排气管冒出一股烟儿，不是太黑，也不是白色的，脏脏的颜色。他压了压帽子，上了车，把车内瞅了一圈，没有一个熟人，他找了一个空位坐下，又把帽子压了压，闭上了眼睛。这趟车一天只有两班，早上一班，中午一班，坐早上这班车的人要比中午那班车少得多，也不知是不是因为太早了。他一直坐早上这班车，人少是关键，到了立春那里刚好是中午吃饭时间。在坐车的过程中，还可以睡一个回笼觉。

这次出门是接立春回家。立春这人表面温和，其实内心很偏，如果钻进死胡同了就出不来，也不知这些年她性子改了没有，如果还是以前的样子，不知道她在里面要吃多少亏。老牛想到要接立春回家心里还是很高兴的，也算是团圆吧。他又想起了海风。海风离家十三年了，但他始终相信一家人会有相聚的一天。

大门保安见他走过来，看都懒得看一眼，一脸不屑的表情，用手指点了点桌面，干巴巴地问，找哪个？登记！老牛忙说找程立春。老牛把身份证递给保安。保安看了看身份证，这才抬起头来看老牛，他怔了一下，提高了警惕，倒不是觉得老牛是个坏人，他只是觉得身份证上的那个人看起来明显不是老牛，问道，你是牛根尚？老牛点头说，是的是的，我叫牛根尚。他又用怀疑的口气问，你今年四十二？老牛连说是是。他又看了一下身份证，然后又仔细地打量老牛，他瞄一眼老牛，又瞄一眼身份证，对老牛的真实性充满了怀疑，他比对了半天，说人倒是你，只是你本人比相片老多了，我还以为你有六十了呢。老牛没有回答，只是干笑一下。保安得意地说，我们俩算是同年吧，我是年头的，你还是年尾的，你看看我比你年轻多了。老牛说，那是，我一个干活人，整天东奔西跑，干的都是脏活累活，不像你坐办公室，风吹不到雨淋不着，人显年轻。保安对老牛的回答非常满意，不停地点头。保安在来访登记簿上很认真地写上老牛的名字、身份证号码、家庭住址、来找什么人、事由。登记完后，保安说，你这不是探访，是接人，接人要到后门，意味着出门后就再也不会回来了，可以重新做人了。这鬼地方谁愿意来？老牛在心里嘀咕，却没敢说出来。保安补充说，后门很远，要坐三轮车。保安指了指大门前方说，那里有三轮，你让他们带你去。老牛点点头，折身离开门卫室。

三轮车司机无精打采地抽着烟，可以想象，在这个地方做生意十分不好做。这些司机是附近的农民，农忙时干农活，农闲时就拉拉客。在这里拉客纯属"守株待兔"，载个客的概率小得可怜。老牛挥了挥手，冲他们"哎"了一声，那几个司机迟缓地抬头往他这边望，也许是很久没有拉到客人了，他们已经有些麻木了，对老牛的声音一时没有反应过来。老牛又冲他们招了招手。四辆三轮车同时"吱"地冲了过来，一下子把老牛围住了。老牛生怕他们刹不住会撞上来，往后退了一步。他们车一停住就下来拉老牛上车。老牛最讨厌这种动手动脚的行为。老牛打量着这几个司机，他得从他们中间挑选一个可靠的。这些年他吃过很多亏，也上过很多当，渐渐有了自己的是非判断标准，电视里放的那些坏人一眼就能看出来，相由心生，这还是有一定科学道理的。人的外表很少会骗人，特别是眼睛，那些眼睛飘忽不定的人大多心术不正或是正在动花花肠子。眼睛会无意出卖他们的内心。一个人的面相看起来忠厚一些，白白的，胖胖的，像电视里慈眉善目的和尚。老牛上了他的三轮车。司机笑眯眯地问，老板你到哪儿？老牛说，我不是老板，我就一种地的。司机说，坐我车的人都是老板。老牛傻笑着说，哪能叫我们种地的老板，你送到后门吧。司机说，好的，老板。他又说，老板，三块钱。老牛不知道有多远的距离，虽然这座院子看起来很大，但从前门到后门能有多远呢？他觉得这个价有些贵，跟从槐树湾到城里的中巴价格差不多，出门在外，花钱他也没那么心痛了。司机又说，老板，你坐好了，走嘞。好像老牛非得坐他的车。

老牛刚上三轮车，屁股还没有落稳，三轮车呼地向前驶去。铺天盖地的油菜花，潮水一样向老牛涌来，眼看着就要被这黄色的海洋淹没了，车一拐，油菜花花海激流般从老牛的身边流走。老牛盯着这三轮车，这种三轮车最危险了，一块石头一颠就可能侧翻。他下意识地握紧了护栏，身体跟着三轮车左摇右晃。不一会儿，司机把三轮车挂为空挡，慢慢地向前滑去，车没有了动力，滑动的速度有些轻飘，像失去了重心，老牛抓紧了三轮车车厢的扶手。从这个速度和挂空挡的动作，他预感到地方了，从时间、价钱和路程上分析，又感觉应该还没有到达目的地。正想着，司机轻轻踩了一下刹车，三轮车嘎刹住了。右手边是一扇铁大门。铁大门锈迹斑斑，厚实笨重。看到这样的大门他知道到地方了。只是他没有想到保安所说的很远也就是十分钟不到的脚程，顿时觉得上当了，这三块钱花得有些冤。讲好的买卖定好的期，这个不能反悔。铁门木着脸，四四方方的，挡住了老牛的视线，看不到里面的光景。老牛下了三轮车，很不情愿地掏了三块钱给司机。那司机收下钱说，老板，我靠边停，我在这里等你。老牛板着脸没有说话。

这是老牛第一次走后门。这里他基本上是一年来一次，头几年是一年来两次。他都是从大门进去的。他走过去，把头往两扇门之间的缝隙挤，里面是一排排的房子。房子像镇粮管所的房子，墙很高，看起来也很厚，很高的地方才有一个四四方方的口子，几根粗粗的钢筋竖着。阳光很难照进来，老牛能想象得出里面的潮湿，也能想象得出立春在里面的生活。老牛把里面能看到的地方都看了一遍，一个人也没有，他后退几步，很焦急，不知道立春什么时间出来，保安说会尽快把家属接人的通知传达到管理处。他想，也快了，他人都到了，那里的电话肯定早就传达到了，可能立春这时正在收拾东西或是办理手续，想到这里，老牛心里明朗了。他回过头来，那三轮车司机还没有走，他冲老牛招招手说，老板，接到人了还坐我的车，我送你们到车站。老价钱。老牛仍然没有说话。司机靠在车座上，很悠闲的样子，那意思很明显，我就在这儿等着，你根本没有选择的余地。老牛没有理他，往四周看。

周边是一片开阔地，很远的地方零星散着几户人家，在黄色的海洋尽头，像几叶破破烂烂的船。油菜花应该开开落落有十三次了，他知道有立春洒下的汗水。十三年了，这也是他第十三次来这里看立春，这次不一样，是最后一次，他要把立春接回家，永远与这里告别了。

立春

立春不喜欢别人亲海风，生怕他们会亲破他比水豆腐还水嫩的脸蛋。海风的脸蛋粉嫩嫩的，可以看见皮里面的毛细血管，谁见了都想亲上一口。海风这孩子打小不认生，不会喊人时，只要谁一拍巴掌，张开双臂做出要抱他的样子，他就扭着身子往人身上扑，海风会喊人了，小嘴抹了蜜，叫喊啥就喊啥，常把大人们逗得哈哈笑。逗他玩的人多，抱他玩的人也多，有时半天不着屋。海风不在身边，立春和老牛可以做许多事。

海风失踪那天天气格外的好，日头照在身上让人犯困，懒洋洋疲沓沓的，整个人没有精神。老牛去街上做砌活了。老牛是大工，砌一天墙可以挣三十元。如果是小工的话，一天只有十五元钱，比大工累，又是搬砖，又是拎灰，还有工地上永远干不完的杂活，这些都是小工做的，大工只负责砌墙，其他的事调脸不看，牛气得很。碰上大方的业主还会给大工一天派一包烟，小工只是散一根零烟，大工、小工之间的待遇差别太大了，小工的目标就是早日成为大工，大工的目标就是大工，当然那些特别有想法的大工才会想着去当包工头。老牛不想。老牛说当包工头操心，为了要工钱，见了那些大包工头或业主像个孙子似的，低三下四，就差给人舔腚沟子了。老牛不想但立春想。立春做梦都想老牛当上包工头，那她就成了名副其实的老板娘了，花花绿绿的钞票飞着奔向她的怀抱。槐树湾的媳妇都羡慕立春，说槐树湾除了张翠花，就数立春的日子过得滋润。立春嘴上不承认，心里却乐开了花。老牛以前也是提泥巴的小工，立春整天骂他没出息，逼着他去学砌活，还请工地上技术最好的师傅来家里吃了好几顿饭，跟人学了三年，满师后成了大工，身份地位一下就上去了，工钱也高出小工一大截。老牛出去做砌活，立春就没有事儿做了，海风还在睡觉。海风特别能睡，如果你不叫醒他，他能一直睡到天黑。立春想出去转转，虽说海风能睡，但是把他一个丢在家里还是有些不放心，万一他醒了呢？人还小，无知无识的，不小心摸着剪子菜刀了，或是碰翻了开水壶，那可不是闹着玩的，立春得在家里盯着他，老牛稀罕着他呢，哪里划条口儿，哪里磕个印儿，非把立春骂死不可，你个婆娘一天天的，啥心不操，连个娃儿都看不好。以前老牛不会骂立春，凡事由立春拿主意，自从当了大工后就长了脾气。没办法，人家现在是大工，靠他挣钱养家呢。怎么说，叫财大气粗了，人有钱了说话嗓门都大一些，那些有本事的人脾气也大一些，好像只有这样才配得上现在的身份。电视也没啥看头，立春心里炸了毛，在院子里转了几圈，搞得圈里的猪兴奋了半天，以为又要给它喂食，围着猪槽哼唧着打转儿。

小满家又传来哗啦哗啦的麻将声。说起来小满还是立春的姐，虽然出了五服，但是两姐妹嫁到了同一个村子里那就分外亲。当年是小满做的媒，立春嫁到槐树湾。老牛跟她家牛根柱是没出五服的堂兄弟，这不是亲上加亲嘛。刚嫁过来那两年，两家来往可勤了，就差一口锅里搭伙了。自从老牛当上大工后，小满跟立春说话就阴阳怪气的了，立春知道她为啥这样，她家牛根柱跟老牛一起进的砌匠班子，老牛现在都是大工了，牛根柱还是个小工，小满经常骂牛根柱没出息，不会挣钱。可骂归骂，牛根柱还是没有学会砌墙，一直是个小工，立春心里想，你家牛根柱有没有出息能不能当上大工与我又没有半毛钱的关系，你不能冲着我置气呀。但这话只能搁心里，面子上她还得对小满客客气气的。牛根柱只要去街上干活了，小满就会支起麻将桌。以前打麻将小满会约立春一起打，两家挨着，分隔的院墙共用一堵，喊一声就能听上。现在不，她约别人，偷偷把人约好了，等立春听见她院子里传来麻将声才知道她家又支上场子了。有时实在是凑不起人，小满才会喊立春。村子里有两处麻将场，一处是张翠花家，在新村，离老村远；一处就是小满家。立春喜欢到小满家打牌，主要是离家近，不影响做家务，打完牌回家做饭方便，立春听到她家有麻将声就会过去，万一有人中途有事也可以顶上。海风还在熟睡，立春想，在小满家，几步路的事，海风醒了哭一声、叫一声就能听见。立春思忖半天，最后还是受不住诱惑，她把床两边堆上被子防止海风滚下床，看到什么都理理顺顺了，她轻轻带上门，过去了。

　　不论是农闲还是农忙，村子总有那么几个好吃懒做的媳妇，你什么时间看到她们，她们都是在打麻将。老牛对打麻将倒是不排斥的，只要不影响春种秋收，不影响干家务活儿就行。小满看见立春，目光相对后又低下头看麻将，就在四目相对的一刹那，立春读懂了小满想表达的意思，那目光虽不是厌恶，但绝对是不欢迎的，脸色刚才还好好的，一看见立春立马就变了，要多难看有多难看。立春不喜欢她这个样子，但是立春不能表现出来，她努力地控制自己。她知道如果表露出一丝一毫的情绪，小满就会在村子里说她忘恩负义，如果不是她当年把自己介绍到槐树湾，她立春能有今天的好日子？这个立春倒不否认，谁让咱家老牛这么争气呢。她不能让内心的想法流露出来，哪怕是一丁点儿也会惹小满不开心，她会拐着弯儿骂她，在人前人后说她的不是。每次来小满家她都先犹豫一会儿，最终还是会来。小满越是这样，立春就越是要在其他方面体现出她的优越感，这样无形的反击让小满根本无法还击。立春给人留下的印象是谦虚的，谨慎的，待人真心实意的，而小满则给人留下了不好的印象，一副咄咄逼人的架势。立春看小满的眼神是胆怯的，只要一对上她的目光，就显得特别没有底气，不堪一击，目光就飘了，人们看着立春就会不自觉地同情立春。立春故意装着若无其事的样子，笑着说，小满姐，打牌呀，这么快就凑够一桌了，我还寻思过来帮你凑凑场子呢。

小满没有正面回答，只是淡淡地问，海风呢？意思是说你不在家带海风，还有闲心过来看打牌。

立春有着女人特有的敏感，她当然明白小满的意思，也淡淡地说，睡了。

小满又看了立春一眼说，立春，你自己找把椅子坐。手在桌子上来回地推洗麻将，很忙碌，根本抽不开身给立春端把椅子。小满的样子旁若无人，好像立春是个透明人，压根儿就不存在，但又双手不闲地洗牌，恰到好处地掩饰住了。

这样的场面立春也见惯不怪了，平静地说，小满姐，你打牌，不用管我，我又不是外人，我自己找椅子坐。立春最受不了她鄙夷的目光，现在却只能按着她的意思去做，端一把椅子贴着她坐下。两姐妹看起来很亲密。

小满没有吭声了，立春从她的表情看出已进入了关键时刻。刚取的牌已是五对半，这副牌注定要往清七对上走。立春故意露出很高兴的样子，好像是她在打牌，小声说，小满姐，牌好呀。小满双手摸住牌的两端，一紧，牌"啪"地整整齐齐地倒扣过来，好像立春的话会透露了什么信息，扣下了别人都看不见了。小满斜着眼瞪了立春一下，淡淡地说，看就是了，不要说话。立春压住内心的不快，识趣地拿眼神瞟着她，然后把椅子往张翠花那边移了移。张翠花男人刘建民是村青年书记，对一个女人来说，还有什么能比嫁得好要好呢。她家在新村起的楼房，平日里在家支麻将场子，很少能见到她来旧村玩，可能新村的人都出去干活了，人少，凑不齐支不起场子才过来的。张翠花四十出头了看起来还很年轻，穿衣服有城里人的味道，连衣裙是丝绸的，很光滑，看了就想上去摸一把；脖子上一条细细的明晃晃的项链；左腕处还环着一个小手指粗的手镯，墨绿色的，发出幽幽的暗光，取牌时本来要用右手的，她偏不，左手取牌，一伸一收，那镯子跟着手臂在麻将桌上来回晃动，格外扎眼。她好比一道光，槐树湾的妇女们只能仰望，她们是那光下面的阴影，土不溜秋的阴影。立春对张翠花不仅仅是仰望，张翠花简直就是她一家人的衣食父母，老牛能在街上接到活，也多亏他家建民，镇上、村里有啥砌活，建民都会想到老牛。这几年立春也没少在她家下血本，逢年过节烟呀酒呀的没少送。人情就是这么来的，你不给她送下次砌活说不定就找别人了。张翠花看了立春一眼，冲她笑了一下，然后开始取牌，牌取到手了，贴着桌面划过来，然后轻轻掀开一角，看一眼是什么牌，又冲立春笑了一下，才把牌放在面前的牌中，轻轻打出去一张牌后，在等上家出牌间隙，她不停地把牌打乱又码齐，动作熟稔，快得有些看不过来了。

为什么人们喜欢打牌呢？输赢倒是一码事，女人们打牌筹码都小，无非是混个时间。作为一个妇道人家，不需要什么宏图大志，也不需要像男人那样要在外面打拼，相夫教子是最大的本分，把自己的小家过得安安稳稳幸福美满就行了。打牌就是日子过得幸福安稳的最直接的体现。只是立春没有想到，就是因为看人家打牌害得她永远地失去了海风。

时间过得真快，到了做中饭的时间。如果老牛回来饭菜还没有弄好又会大发脾气，老牛要一回到家就能吃到现成的饭菜，吃完了就返回街上工地。他们工钱是死的，但是活却是活的，上午砌多少口砖，下午砌多少口砖，砌完了就可以休息，甚至有事情可以提前走，工钱一分不会少你的。这样一来，时间就算得很紧了，得赶紧把分给自己的任务完成，因为吃个中饭而拖延了工时是十分不划算的。在这方面立春不能跟小满比，小满经常只顾着打牌而不给牛根柱做饭，牛根柱回来了没有饭吃屁也不敢放一个，只能自己下一碗面吃，匆匆吃完骑上自行车就往街上赶。立春从小满家出来，走到自己家门口愣住了，院门大开，她记得出门时把门关上了。她大声喊了两声海风，没有回音，她急忙往里面跑，房间里也没有海风，她又大声喊了两声海风，还是没有回音。立春有些慌了，就是有人抱海风出去玩，一般也会打个招呼的，她顾不上做饭了，挨家挨户地去问，得到的消息却是没有看见海风。立春急得哭了，走到村头小卖部。牛盲子说，好像看见海风坐着一个人的摩托车往街上走了，当时只顾着做生意，也没有注意。摩托车开得快，看得不是很清楚，是不是海风也不确定。立春听了牛盲子的话，一下子瘫软在地，号啕大哭起来。这时村里的人都过来劝她，说牛盲子眼神又不好，他能看清什么，不要听他瞎说，说不定人家跟你闹着玩儿呢，吓一吓你，你家海风在哪家玩得正欢着呢。立春听了爬起来，急匆匆地往回走，一边喊海风，一边一家一家地问。

老牛刚进村就听说了，也在村子的角角落落里找，堰塘水井都找遍了，到处都没有海风的影子，难道海风真像牛盲子所说的那样被人给弄走了？老牛去派出所报了案，但没有一丝头绪，警察也无从找起。

海风真像一阵风一样，就这样凭空消失了。

海风

海风醒来时已到了一个陌生的地方。他正趴在一个男人的肩头，放眼望去是一望无垠的油菜花，还有布谷鸟的鸣叫声，在寂静的油菜地显得格外清脆，那叫声掉在了油菜地里，它的影子却飞到了很远很远的地方。油菜花花香四溢，甚至有些呛鼻子，海风连打了好几个喷嚏。

海风不知道这是什么地方，也没有看见妈妈，他怎么会在一个陌生男人的肩头？他不认识这个男人，他能从气味上辨别这个男人也不是爸爸。他大声哭了起来，喊着要妈妈，边哭身子边往下滑。抱着他的是一个中年男人。中年男人把他放在地上，双手紧紧地扣在他的肩膀上，很严肃地对他说，妈妈有事，她让我送你回家。海风没有见过这个男人，他推了男人一下，说，我要妈妈。男人仍然紧紧地抓住他的双肩，仍然是用很严肃的口气说，听话，妈妈就在前面，我们很快就见到妈妈了。海风哭着说，你是坏人，我要找我妈妈。中年男人阴沉着脸说，我是妈妈的朋友，你要听话，我就带你去找妈妈。海风呸地吐了男人一脸口痰，大声喊道，我要妈妈，妈妈，妈妈。男人啪地给了他一巴掌，盯着他，目光凶凶的，用恶狠狠的声音说，再不听话，就把你丢下去喂狼。海风捂着脸，一下不哭了，抽泣着，身子不停地抖动。

男人叫赵老二。他说他是海风的新爸爸。一路上男人都在逼海风喊他爸爸，如果不喊就打他，就不给他吃的，海风怕挨打，只得喊他爸爸。海风如果喊他爸爸了，他就给他饼干吃。在吃与打之间海风当然会选择吃。当然他也闹过，根本没有用，除了这个赵老二，他再也没有见过其他的人，好像这个世界只有他们两个人。他们好像没有停止过前进的步伐。海风不知道他们到底走了多久，只记得一直行走在没有人的油菜地的田埂上，浑身湿漉漉的。天黑了，他们还在油菜地里穿行。海风记得他好像脚都没有落过地，一直被赵老二抱着，他身体里有赵老二的缕缕体温，海风并不感到温暖，反而一股巨大的恐惧填充着他，他不知道他到底要去向何处，他只能听任赵老二不断向前的步伐，走着走着海风就趴在赵老二的肩头睡着了，待他醒来时他们还在油菜地里行走着，好像他们永远也走不出油菜地。海风看到铺天盖地的油菜花把他们淹没了，他有一些害怕，那强烈的金黄的色彩扑面而来，仿佛置身于一片黄色的汪洋，而海风则是大海里的一叶小舟，随着赵老二在看不到尽头的花海中浮沉、漂流。多年后，那漫山遍野的油菜花还一直出现在海风的梦境中，像一床笨重厚实的棉被覆盖在海风身上，压得海风透不过气来。

走进赵老二的家仍然是在一个漆黑的夜晚。海风睁大了眼睛，打量着这个宽敞的陌生的房屋，灯光照得里面亮堂堂的，海风看到了一个陌生的女人正盯着他看。赵老二将海风从怀里放下来，海风双腿已麻木了，脚一挨地面，一股麻劲儿从脚底往腿上蹿，他摇晃了一下才站稳。他见到李慧芬——一个和颜悦色的女人，正冲着他笑呢。又到了一个陌生的地方，他的心又揪在了一起，他紧紧地攥住赵老二的手，现在赵老二成了他最亲近的人，赵老二往哪里走他就跟向哪里。他拘谨地站在那里不动，身体却不受控制地抖动起来，他不知道他害怕什么，只知道这不是他的家。这些陌生的人，他们是坏人吗？他们是不是狼外婆的家人？他们会不会像赵老二一样凶他、骂他、打他？他看了一眼赵老二。赵老二很开心，觉得自己跟这个孩子还是很有缘的，摸着他的头说，海风，这是你妈，叫妈妈。赵老二又对李慧芬说，他叫海风，以后就是我们的孩子了。海风知道她不是我的妈妈，却不敢说出来。妈，妈，妈妈……海风低着头，迟疑好久，才蚊子似的叫了一声，叫得有气无力，叫得吞吞吐吐。能喊出来已经不错了，他心里一百个不愿意。他心里别扭得很，尽管他无法接受这个称呼，也无法接受这个人，但是他害怕赵老二，他还是喊了。他喊后，耷拉着一张脸，苦瓜一样的表情，然后就不吭声了。谁都能听得出来，谁也能看得出来海风此刻的心情，好在大家并没有在意——这也是人之常情，一个孩子突然离开了生父生母，到了这么陌生的地方，突然要喊两个陌生的人爸爸妈妈。李慧芬一把把海风拉到了怀里，紧紧地抱住不放，嘴里不停地喊，儿子，我的儿子。海风不知所措，呆滞地任由李慧芬抱着，亲着。海风想推开李慧芬，却怎么也推不开，他突然有一阵恐惧，他想爸爸妈妈了，不禁大声哭了。

海风记得他曾逃跑过，漫无目的地跑，连东南西北也分不清，更不知道自己的家在什么地方，他怕会被赵老二抓住，慌不择路，顺着路跑，但跑不了多久，就会被闻讯而来的赵老二给逮住。那天，他不知为什么惹李慧芬不高兴了，李慧芬啪地打了他一巴掌，他哭着要去找妈妈，一个人就跑了出来。还没有跑出村子就被赵老二抓住了，赵老二在路边扒下了他的裤子，狠狠一顿揍，屁股都打破了。他大声喊"救命"，身边围了很多人，却没有一个人过来救他，连劝都没有，好像他的死活与他们无关，他哭着哀求他们，他们也不理他，只是麻木地看着赵老二打他。他痛得受不了了，只得连声喊，爸爸，我不跑了，我听话。赵老二听了他喊"爸爸"，才心满意足地停止打他，然后拽着他的手像拖一条死狗一样往回拖。他走路时东倒西歪，跟跟跄跄，仿佛不是回家，而是一步步走向深渊。他知道这个人绝对不是自己的爸爸，但是从今往后他只能叫他爸爸了。后来，海风还逃跑过几次，不过他逃跑的态度已经犹豫不决了，只是象征性要走，他希望被赵老二追回来。

日子平淡如水。海风渐渐长大，他已经把这里当作自己的家了。他知道他们不是他的亲生父母，儿时的记忆已经模糊不清了，但是他能从人们平时的言语中，听出音儿来了，他们不是他的亲生父母。赵老二和李慧芬对他很好，吃的穿的没有少他的，但是他心里总是有些别扭，他还想找到自己的亲生父母，可是这些他只能深藏于心底。他私下打听过，村里的人也不知道他来自哪里，只知道他是突然出现在赵老二家的。他曾小心地问赵老二，爸爸，我知道你们并不是我的亲生父母，但是你们对我就像对待亲生儿子一样，我也把你们当成了我的亲生父母。可是我心里总是会问，谁是我的亲生父母呢？爸爸，我还是想搞清楚这个问题。赵老二解释说，你的亲生父母已经死了，你被人丢弃在路边，你是一个没有人要的孤儿，那天我刚好从那里经过，看你可怜就把你捡回来了。他想起了那成片成片的油菜花，他可能就是在油菜地里被他们捡回来的。生恩不及养恩大。从此，海风把赵老二、李慧芬当成了自己的亲生父母，一家三口其乐融融。村里人常说，你家海风长得越来越像赵老二了。听了这样的话，赵老二很高兴，李慧芬也高兴，海风他更高兴。

渐渐地，海风已经完全融入了这个家庭。海风与赵老二、李慧芬越来越亲，人们的心里都已默认海风就是他们的孩子。李慧芬把海风当成亲儿子养，她常说海风要给她养老送终，她把所有的母爱都倾注在海风身上。她也舍得下血本，海风吃的穿的比别的孩子还要好，虽然这个家在村子里算不上富裕。海风的心也在这里停留了。可是，这种日子谁又能料想到会发生改变呢？

海风十岁那年，李慧芬竟然怀上了。

小胖

小胖是小满的独生子。在那个年代，特别是农村，独子的家庭非常稀少，一提起独生子女让人肃然起敬。

小满记得她嫁到槐树湾只风光过两回。一回是她出嫁那天，八辆崭新的永久牌自行车把她迎娶过来。一回是她在乡政府礼堂领取独生子女证，作为第一批领取独生子女证的家庭，她披红挂彩地站在主席台上，政府还奖给她一台"蜜蜂"牌缝纫机。时光飞逝，转眼小胖已是一名初三学生了，很快就要毕业了，她没有指望小胖能考出农门，只是希望他能子承父业，能在砌匠班子里当个大工。千顷地里一根苗。小胖从小娇生惯养，上小学了还在课间跑回家吃两口奶，小满干瘪的奶子里面什么也没有，小胖却要含在嘴里吸老半天才肯去上学。十几岁了还跟小满睡一张床上。小满从不在乎别人的闲言碎语，她理直气壮地说，我程小满就是要惯我家小胖，咋的啦，就这么一个孩子，我不惯他惯谁，难道惯我家根柱？小满理直气壮，谁又能拿人家怎样！她喜欢咋样就咋样，挨不着烫不着谁，后来没人敢在背后说闲话了，偶尔提起来也只是呵呵一笑，心里都明白啥意思了。

小胖在街上读书，他从不到学校里吃饭，说学校饭堂做的饭菜不好吃，每天中午他都要跑回家吃饭，吃完饭他再去上学。每当小胖大汗淋漓地跑回家，小满当着众人的面就邪乎，哎呀，我乖乖回来了，我马上给你做饭去。小满手头再忙也会停下来给小胖做饭。有几次都是中午时分，小满刚转来了火气，手里的麻将牌是想抓哪个来哪个，但是小胖回来了，她就能把牌停下来，等小胖吃了饭再继续打。有时，等她给小胖做完饭火气也跟她身上的烟火味一同散走了。她输了钱，却并不生气，她说啥子再大也没有我乖乖大。小胖快初中毕业了，可人家程小满硬是一口一个"乖乖"！听得村里人心里发毛，鸡皮疙瘩掉了一地。

那天天气好，阳光柔和，不凉也不热，最适合下地干农活了。牛根柱在街上提泥巴。小满一个人在地里干活，因为天气好，她只顾着在地里干活，忘记了看时间，等她看手表时，已是中午一点了，她着急忙慌地跑回家做饭，小胖却一直没有回来。等她接到小胖的消息时却是一个晴天霹雳。小胖出事了。

那天中午，小胖在教室里午休，突然大叫肚子痛，刚开始同学们还以为他在搞怪，待看到他额头上的青筋都暴出来了，才意识到事态的严重性。老师闻讯赶来一看，以为是孩子中午吃胀气了，要他揉揉肚子，待会下课了就找校医看看。老师的话音刚落，小胖从椅子上瘫倒下来，双手捧着肚子，在地上打滚，双手慌乱地抓着自己的胸口，嘴巴大张着，在呼喊什么，可是喊不出来，显得十分艰难，苍白的脸完全是青紫色的了。

同学们惊恐地尖叫起来。老师吓坏了，也惊呼，牛峰你咋啦?

你咋啦？

小胖的手痉挛着胡乱地抓扯着，仿佛要扒开胸口，把五脏六腑全部挖出来。一眨眼的工夫，白色黏稠的细小的泡沫伴着血沫从小胖的嘴里流出。小胖在地上来回翻滚，一股臭味弥漫了整个教室，小胖大小便失禁了，裤子洇湿了一大块，浓烈的大便味让人不禁掩鼻欲呕。同学们吓傻了，呆呆地看着小胖。老师顿时觉得不对劲，立即招呼同学们抬起小胖往医院里送。躺在担架上的小胖不停地撕扯着衣服，眼珠差点儿就要跳出眶外。突然，小胖在胸口抓挠的手松开了，软软地垂下来，身体挺了几下，还没到医院小胖就断了气。

小满见到小胖时，小胖的尸体已经硬了，脖子上、胸脯上全是他自己留下的一道道的血痕。小满抱住小胖不撒手，歇斯底里地哭着，喊着，小胖，小胖，你不要吓妈妈，你咋的了?！小胖！啊，我的天啊！我的小胖呀，我的乖乖呀，你到底是咋的了！你不要吓妈妈……小满一直在不停地语无伦次地喊着，呜咽着。围观的人越聚越多，个个表情严肃，有不少的人在偷偷抹泪。

小胖硬邦邦地挺在那里，任凭小满怎么喊都没有回应。他的眼睛还没有闭上，好像舍不得离开这个人间，他的眼珠像死鱼眼睛一样向上翻着，眼球中充满了血。任凭小满怎样哭喊，小胖大得吓人的眼睛根本不看小满一眼。

小胖就这样殁了。

警方把小胖嘴里的沫和排泄的大便进行了化验，很快就出了结果。小胖系食物中毒而亡。致命原因来自毒鼠强。案情很明朗了，小胖是一名初三学生了，有一定的辨别能力，误食毒鼠强的可能性几乎为零，那么只有一种可能，就是人为投毒。警方通过走访调查，很快就锁定了犯罪嫌疑人。案情的疑点越来越集中在立春身上，这让所有的人大感意外，恨不得扇那警察一耳光，说怎么可能是立春干的呢？你们警察办案可得讲究证据，可不能信口开河。警方很快在立春家里找到了被丢弃的毒鼠强脱壳，可就这能说明什么呢？农村老鼠多，谁家还没有用过毒鼠强呢？让人意外的是，立春自己扛不住警察整天在家里翻来找去问来问去，主动交代了一切。村里人不说话了，他们接受不了这个事实，像是被雷劈傻了。

小胖没满十六周岁，属于未成年人，按照当地的风俗是不需要火化的。小胖当天就下葬了。牛根柱把门前的那棵榆树伐了，请了几个木匠连夜为小胖打了一个木匣子，请了几个家门的人在东边油菜地里挖了个深坑，把装有小胖的木匣子放下去，几把大铁锹上下飞舞，很快就把那个坟坑填平了，然后在上面堆了一个矮趴趴的坟堆。老话说亡人奔土如奔金，这么一个半大娃子，更应早点入土，也好早点超生。小胖就这样被草草埋了，没有花圈，没有鞭炮，更没有香烛。如果是一个老年人顺顺溜溜地走了，那属于喜丧，条件好的人家会大操大办一番。这是真正的丧事。牛根柱偷偷摸摸地把人埋了，如果不是小满撕心裂肺的哭声，谁知道是她家出了这档子事呢？小满趴在坟堆上不肯离开，是被几个人架出油菜地的。

牛根柱看上去也憔悴了，人们在路上碰见了也不知说什么，张张嘴巴又闭上了，有的上前拍拍牛根柱的肩膀，有的"唉"一声，低头走了。小满在床上躺了一个多月才下地。她像棵霜打过的茄子，蔫蔫的，耷着头，眼睛看人都没有力气，好像刚看着你，眼皮却很快垂了下来。

小胖走后，小满原本拥挤热闹的家一下子冷清了，那麻将桌散架在墙角，上面全是鸡屙的屎，麻将牌这里一张那里一张，猪圈里也有几张，猪曾经啃过，啃不动终又放弃，麻将牌上还有猪齿留下的痕迹。小胖大张旗鼓地来到这个世界，又悄无声息地离开了这个世界。一个家没有了孩子，就彻底冷清下来了。

立春

立春的天塌了，她天天哭，除了哭还是哭。

人们总是安安静静地看着立春泪一把鼻涕一把地哭。立春的眼里总能盛满泪珠，扑簌簌往下掉，她的前襟和脚前方的地上总会被泪水打湿。这个时候用什么宽慰的话都显得那么苍白无力，可又找不到更合适的语言来劝慰，千篇一律地说，立春，你把心放宽些，说不定哪天海风就回来了。他们知道，海风肯定是被人拐走了，这么大的中国，到哪里去找？别说不知道被拐在什么地方，就是知道被拐在哪个县、哪个镇，要找到海风也无异于大海捞针，可是除了这样劝，又能说些什么呢？人们这才发觉原来劝人也是一门艺术，劝一个人也是那么的难。

立春的哭声实在有些凄凉，任谁听了都忍不住动容，人们都想安慰，想上前拍拍立春的肩，又觉得怎么做都于事无补，立春反而哭得更伤心了，这样反倒让劝解的人手足无措。时间久了，人们就有些怕了，人们不愿意再听立春哭诉。有时立春会在别人家里哭，这是不吉利的，老牛一接到消息立马去把立春拉回家。

那些日子里，整个槐树湾都被立春悲伤的哭声笼盖着。老牛陪着立春，整天陪着，现在基本上是寸步不离，就连半夜醒来也要看一看她在不在床上。有时会传来她的哭声。她悄悄哭，轻轻啜泣，他从她微微抽动的身体知道她在哭泣。他不知道怎么安慰，如果他去劝解反而会让她更加伤心，终会让没有声息的哽咽变成无法扼制的号啕大哭。他装着不知道，任由她啜泣，能说什么呢，说什么都是苍白无力的，说什么都是于事无补的。男人与女人不一样的地方就是心大，什么事都能过去，女人不一样，较真，盯住不放，一件芝麻大点的事情都能放在心里记一辈子，更何况是这样的一样事情呢。

立春有时控制不住了会抱着老牛，用力地掐老牛，有时用牙齿咬，老牛身上经常会莫名其妙地多一些牙齿印和指甲盖印。她太想海风了，她觉得她罪孽深重，如果不是她去看打牌海风就不会弄丢。立春一直生活在自责中，这时的她想流泪，却没有一丝泪水了。她已经很长时间不会流眼泪了。医生说她这是一种病，叫泪腺分泌功能障碍综合征，给她开了好多眼药水，她每晚都会点上几滴，但是症状丝毫没有得到缓解，其实她知道在海风刚丢那些日子里，她把一辈子的泪水都流干了，像村子前方的堰塘，每到旱季就干涸见底，遇上雨季很快就满了，可是兜不住水，要不了几天又干了。

自从海风丢了后，立春一天比一天瘦，脸色苍白，像敷了张面膜，人好似一根竹竿，细细的，走起路来身子前后左右摇晃，如果有风，或是风大一点，就会把立春刮倒。人们发现，总是能在路上看到立春单薄的身影，像一根被太阳晒融化掉的冰棒直挺挺地杵在路中间，她小心翼翼地走着，精神有些恍惚，痴痴呆呆的，犹犹豫豫的，不时会四处张望，有时会蹲在路边扒拉那些不知名的野草，嘴里小声嘀咕，海风，你去哪儿啦？你不要躲了，妈妈看到你了。人们才知道她在草里找海风，这么浅的草怎么可能藏得住海风呢？立春不管这些，很认真地在草里寻找着，好像海风是一只蚱蜢，就躲在草丛里。她甚至还忘记了回家，老牛或是村里的人看见她就把她给带回来。

后来，人们发现了一个很奇怪的现象，立春喜欢看孩子，目光贪婪，特别喜欢盯着那些光屁股的小孩，有几次她强行抱住那些孩子要去摸他们的小鸡鸡，孩子们吓得哇哇大哭。有些不听话或是晚上不睡觉，大人们会吓唬说，你再不睡觉，把你送给立春当娃。孩子们听了立马老实了。再后来，只要看见孩子，立春就掀起衣服要给他们喂奶，吓得那些孩子哇哇大哭，大一点的孩子见了她落荒而逃，立春则在后面追着，边追边喊，海风，妈妈给你吃奶。

人们都说当初立春不该给孩子取名叫海风，结果真像一阵风一样消失了，再也看不见，摸不着了。

有一天，老牛从地里回来，发现立春在睡觉，睡得很死，推都推不醒，他使劲儿一拉立春，发现枕头边有一个纸包，打开一看，里面装了许多白色的药片。老牛觉得不对头，赶紧把立春往乡卫生院里送。幸好发现得及时，立春被抢救过来了。立春啥时买了这么多安眠药，老牛一点风儿都没有收到。他去村卫生室闹。方医生很无奈，他说，立春想自杀我哪能知道呢？如果知道她有这个念头，你就是打死我我也不会卖给她的。她每次来都说睡不着觉，你家里的情况我也知道，她睡不着觉也很正常，我就按照上面的规定卖给她，数量从来没有超标，谁知道她一直藏着，她肯定是攒了好长时间才攒够这么多药的。

立春经历了这一次生死，人好像清醒了一些，说话做事好像有一些条理了。老牛心里宽慰了，他想，经过这么多事，这么长时间，立春应该会慢慢好起来的。

小满

小满心气傲着呢，一心想着把日子过好，过得比别人家的要好。虽说牛根柱老实巴交的，没什么出息，但她把所有的希望都寄托在小胖身上。她家小胖有出息，学习一直在班里排得上号，以前的老师老是夸小胖的字写得像钢板印上去的一样，横撇竖捺钩点折，有模有样，她时常憧憬着儿子的未来，想象儿子长大了，能够进砌匠班子，当大工，不要像他爹牛根柱一样当一辈子小工。当然她更希望儿子能考上大学，端上铁饭碗，吃商品粮，娶妻生子了，她和牛根柱也跟着进城里享清福了，帮小胖带孩子，跟城里的老头老太太一样，手挽着手在公园里散步，把城里给转个遍。

立春喜欢站在门口，看孩子们从面前经过，她经常会给小孩子们糖吃，有时会抱一抱那些孩子，孩子们为了能吃到糖也情愿让立春抱一会。那天，立春从家里出来，正好看见了小胖从学校回来，不知咋的，她把小胖当成了海风，她上前就要抱小胖，小胖到底还是个学生，哪里见过样的场面，呆呆地看着立春，嘴里还不停地喊着"立春娘"，立春不管这些，抱着小胖就不放。小满看见了，上前就给了立春一记耳光，然后把小胖从立春怀里硬拉过来，这一耳光把立春给打醒了。小满骂道，程立春，你少在我面前装疯卖傻，自己把儿子搞丢了，还有脸要抢别人的儿子，你抢啊！你抢啊！你抢得走吗?!你活该!立春傻傻地站在那里不动,手足无措的样子,像是知道自己做错了事。小满又骂道,活该你把儿子搞丢!立春听了掩面痛哭,一屁股坐在地上不起来了。小满自顾自地发泄着情绪,可她哪里知道,她无异于在立春尚未愈合的伤口上又狠狠撒了一把盐。

立春疯得不行,老牛只好把立春架到省城的大医院看病,验血、验尿、验大便、拍片,去了半个多月才回来,还拿回来一大堆药。从省城回来的立春看起来要好很多,没有以前那么疯了,平时还能帮老牛做做饭洗洗衣服,偶尔也会犯病,像得了羊角风,一时清醒一时疯傻。

立春的心里装满了恨。她恨小满。每当看到小满或是从小满家门前经过,立春嗓子眼儿里像卡着一根羽毛,想吐吐不掉,想咽咽不进,心情糟糕到极点。小满的话就会在她耳朵里旋转:"自己把儿子搞丢了,还有脸要抢别人的儿子,你抢啊!你抢啊!你抢得走吗?!你活该!"那话一直重复着,她早已不堪忍受,特别是每次小胖从学校回来,小满就到村口去接,又搂着小胖从村口走回家,从立春面前走过时,故意"儿子、儿子"地叫个不停,好像是在示威、显耀。立春心里难受,就会犯病,就会砸家里的东西,家里的东西差不多都换过一遍了,都被老牛换成了铁的或木的,家里看起来像一家五金店,有一股子铁锈味。

那天小胖回家吃中饭,被立春叫住了。小胖心里有些忐忑,看了看立春,不像犯病的样子,就问,立春娘,有事吗?立春笑着说,没事,你妈下田干活去了,让我给你做饭吃,我家里没有什么菜,我给你做蛋炒饭,要得不?小胖对大人的事还是有所耳闻的,他知道妈妈跟立春娘不对付，还吵过架，但是两家总归沾着亲呢，就说，好。他跟着程立春进了屋，他不禁吸了吸鼻子，他早已闻到了一股香味，是芝麻油煎鸡蛋的味道。他克制住自己的食欲，假装不慌不忙地走进屋，立春把蛋炒饭端上来时，他再也控制不住了，左手端起碗，右手拿起筷子，狼吞虎咽起来。饭是别人家的香。立春看着小胖吃，小胖吃得腮帮子跟着晃动，吧唧的吞咽声让她想到了海风。海风吃饭时也是这样的，总会发出夸张的声音，这种声音让程立春非常迷恋，哪一个母亲不喜欢自己的孩子吃得香吃得甜呢？她突然想制止小胖继续吃下去，可是已经来不及了，一大碗蛋炒饭已被小胖消灭得干干净净，还肆无忌惮地打了一个畅快淋漓的饱嗝。小胖用手一抹油光光的嘴，长长地呼出一口气，说，立春娘，你炒的蛋炒饭真好吃，好久没有吃到这么好吃的蛋炒饭了。程立春不敢看小胖，撇过头去说，好吃就好，小胖你去上学吧，然后快步走进厨房。小胖脆脆地应着，风一样地走了出去。立春一个人在锅台前忙碌着，锅里的碗筷发出叮叮当当的声音，洗碗水上面漂着一层油花，那油花在水中间旋转着。油花突然冒出来一张脸，那是小满的脸，她恶狠狠地说，自己把儿子搞丢了，还有脸要抢别人的儿子，你抢啊！你抢啊！你抢得走吗?！你活该！程立春泪流满面，一粒粒泪水滴进了锅里，把水面的油花击碎了，小满从水中消失了。

　　小满憧憬的幸福生活在她的眼里并不遥远，好像触手可及，可是她万万没有想到这一切让立春一碗蛋炒饭就给破灭了。一想起小胖，小满就后悔不该把程立春给介绍到槐树湾来，如果不是她的到来，她的日子又怎会有这样的变化呢？

　　她唯一的儿子就这样走了，也意味着她后半辈子的靠山倒了，她的生活憧憬突然化为虚无，她不知道如何应对余下的日子。她想破了脑袋也想不出原因，为什么立春会对她的儿子下毒手？小满最后悔的是那天她不该贪干那么一会儿活，如果她能早一点回来做饭，立春怎么可能有害小胖的机会呢？小满经常到老牛家门前骂，生怕老牛听不到似的，她跳起来骂，骂着骂着就哭了起来，小满现在是干哭，没有眼泪，两眼红肿，干巴巴的，一根根的血丝凸起来，像一根根的火星子在里面跳跃。老牛不知该怎么办，任由小满骂，骂他的祖宗十八代，骂他断子绝孙。老牛基本上不开门，他害怕看见小满的眼神，小满的眼睛里全是仇恨，小满的眼神能杀人，看一次就被小满杀一回，老牛早已千疮百孔体无完肤了。她要让立春血债血偿，她天天去派出所里闹，要派出所判决立春死刑，民警告诉她，判决不归派出所管，由县里的法院来判，小满不管这些，仍然一天接一天地来派出所里闹，直到立春判决的那一天。待判决书下来后，小满仍然天天来老牛家里闹。

　　程立春判了十五年。现在家不能算家了，儿子丢了，妻子坐牢了，剩下老牛一个人在这空荡荡的房子里，老牛的眼睛看向哪里，哪里就是墙，撞得眼睛疼。老牛没事就躺在床上，盯着屋顶出神，一盯一天，不吃也不喝，有时饿狠了，受不住了，才会起床下一碗白面，一根青菜叶子也没有，一滴油也不放，就一碗白面，哧溜溜吃完，碗往灶台上一放，碗摞了一摞，筷子堆成一堆，没有碗筷了才把碗筷洗一下，然后又是这样，周而复始。老牛心里并不比小满好受，小满现在至少还有牛根柱陪，他现在只剩下自己了，他也没有表达悲痛的方式，不像小满可以哭，也可以来他家骂。老牛一下子老了许多。槐树湾的人说，村里就数牛根尚、牛根柱老得最快，就一年半载变成一个老头子了。

李慧芬

李慧芬不能生孩子。李慧芬像镇政府大礼堂门口摆放的景德镇瓷器，中看不中用。好看与实用相比较，拥有朴素思想的人们总会选择后者。在一个家庭，瓷器的功能远不如一个粗制的陶罐，陶罐可以盛甜糟、泡酒、腌肉，等等，而好看易碎的瓷器在富人家庭也只是一个摆设，一旦与生活挂钩就显得微不足道了。女人在一个家庭，既要有瓷器的观赏功能，还得有陶罐的实用功能，那样才是完整的。

生为女人，注定要承担起繁衍后代的重任。李慧芬这么多年一直怀不上，受了不少白眼，有自己家人的，也有外面的。赵老二也曾嫌弃过她，没有将她扫地出门已是万幸的了。赵老太太盼望着能早日抱孙子。赵老大早年当兵，转业后就留在了城里工作，作为一个吃商品粮的人，无论男女只能生一个，赵老大没能如老太太的愿，生了一个女儿。虽说现在提倡生男生女一个样，可是哪一个人心里不是想着要生一个男孩呢？就是在农村，头胎是男孩就有了一劳永逸的资本；如果生的是个女孩，心里还是很忐忑，毕竟心里没底，谁敢保证第二胎一定会是男孩呢？老太太把所有的希望都押在了赵老二身上，但没有想到李慧芬嫁到赵家肚皮从来就没有鼓起来过。老太太性子急，指桑骂槐是常有的事，有时追着一只鸡打，边追边骂"不下蛋的鸡养了有什么用"，李慧芬听了不是个味儿，见了婆婆都不敢大声说话，低眉顺眼的，甚至是低声下气的。她清楚地知道，一个女人在一个家庭能否得到尊重完全取决于自己的肚子，而生男生女又决定了受尊重的程级，如果说她现在也是有等级的，那就是一个负数。

赵老二辛勤播种了多少次他自己也不清楚，他只知道所播的种子到了李慧芬的地里就没有影儿，没有一粒种子在李慧芬的肚子里发芽。颗粒无收的结局最伤勤奋男人的自尊。看着别人结婚一年半载都有了娃，而他始终没有把李慧芬肚子搞大，就有些自卑了。村里的男人们常私下说他没有本事，是一头雄壮的犍子。这样的话传到他的耳朵，他不服气，他不相信自己是一头犍子，他具备一个男人正常的功能，在这方面特别能战斗，特别肯下功夫，但始终没有取得应有的成果。他不愿服输。为此他戒了烟，戒了酒，他不再希望能毕其功于一役，他下足了力气要打一场持久战，他坚信自己终会是最后的胜利者。长期抗争的结果并不如意，后来他认了命，他也认为自己注定是没有生儿子的命。很快，他又打起了"压怀"的主意，这一想法得到了全家的一致认可。这里有一个习俗，就是那些不孕的家庭如果领养一个孩子的话，很快就会怀孕生子。抱海风的初衷就是希望能够起到"压怀"的作用。自从海风来后让他有了做父亲的感觉，海风每次叫爸爸时他特别自豪。海风的到来让李慧芬找到了一点做女人的尊严，看到海风这孩子与李慧芬这么投缘，像亲生的一样，李慧芬的心情好多了，走起路来带风。老太太对她的态度也发生了转变，虽说不是亲孙子，但有总比没有要好，况且海风奶奶长奶奶短地挂在嘴上，老太太紧皱的眉头也舒展开了。不知是海风的命太硬，还是李慧芬的命太硬，屡试不爽的"压怀"到了她这里就失了效，李慧芬的肚皮始终鼓不起来。好在大家对李慧芬并不抱多大希望，但是李慧芬却出人意料地有了反应。

命里有时终须有，命里无时莫强求。对于怀孕，李慧芬也是持怀疑态度的，开始有些不敢相信，后来症状越来越明显，她跟一些妇女东拉西扯地往那方面说，从她们的谈话中基本上可以确定自己怀孕了。她不敢跟人说自己生理上的变化，她害怕自己的判断不准确，万一是一个笑话，自己就真成了村里人的笑话，更会在赵老太太面前抬不起头。她偷偷到了乡卫生院去检查，拿着化验单，她当时就流下了眼泪，这样的结果太出乎她的意料，她已是四十几岁的人了，早就没有了生儿育女的欲望，肚皮在这个时候却有了动静。她把消息告诉赵老二。这显然太意外了。赵老二怔了一下，用怀疑的眼光看着李慧芬，说你疯了吧，你都多大年龄了。李慧芬很认真地说，是真的。赵老二感觉李慧芬不像开玩笑，只是心里一下接受不了，他又说，年轻时你都生不了，老了反而能生了？李慧芬也纳闷儿呢，笑着说，谁说不是呢？前段时间吃啥吐啥，以为是着凉了，肠胃不好，后来觉得肚子有了动静，我也不敢相信，上午我专门去了一趟卫生院。她掏出一张单据递给赵老二，赵老二看了，一句话也不说，抱着头蹲了下来。

李慧芬想到自己总算修成了正果，特别拿自己当人，横草不捡，竖草不拿，家里有什么活，一干就会很娇气地"哎呀"一声，好像只要一动就会动了胎气。老来怀孕，万事小心。赵老二也不让她干活了。李慧芬一门心思养胎，现在好了，翻身农奴把歌唱，幸福的歌声传四方，从此中国人民站起来了。看见妈妈的肚子鼓了起来，海风理应高兴才是，可是他却怎么也高兴不起来，反而有种不好的预感，他觉得有什么事情要发生了。什么事情呢？他心里是有数的，他在这个家的地位可能会发生变化，但变化到底有多大，他又没有数了，他想不出来，也不敢往深处想。海风没事老盯着李慧芬的肚子看，像是特别盼望李慧芬肚子里的宝宝早点落地。

随着李慧芬肚皮的变大，海风的地位也在发生变化。

以前李慧芬没事就给海风织毛线衣，现在却开始为即将出生的宝宝准备毛衣了。李慧芬手指灵巧地转动着，两根粗长的棒针在细细的毛线上穿来插去，毛线在半空中晃动着，毛线团在篮子里时不时动一下。海风的心也像这毛线团，不时动一下，如果没有这肚子里的宝宝，这件毛衣就是为他织的。海风知道，这件毛衣毫无疑问不是给他织的。毛衣已织出了形状，小得可爱，看见了让人发笑，世间还有这么小的毛衣，笑过后海风内心空落落的，他从毛衣织出的大小可以看出毛衣与他无缘，也许他这辈子也穿不上妈妈织的毛衣了。

他知道，他只是他们的替代品，当他们有了自己的孩子后，他就不再是他们的孩子了。海风经常一个人坐在一个没有人关注的角落发呆，眼睛盯着一个地方，一盯半天，思绪却如天上的云朵，飘荡在远处，拉也拉不回来。

牛根柱

牛根柱没有去街上干砌活了，他老是丢三落四，像被人打断了脊椎骨，整个人软塌塌的，干什么事都提不起精神。砌匠班子的头怕他出事，委婉地劝他退出砌匠班子了。小胖下地有半年光景。牛根柱像那些蔫了的秧苗缓过了劲，整个人已不再萎靡不振。小胖的突然离世，任谁都接受不了，小满整个人都傻了，经常哭得死去活来，一口气上不来，人忽地晕了过去，牛根柱忙上去掐小满的人中，这才把小满一次又一次地救了过来。小满的人中已经被牛根柱掐破了，仍无法将小满从丧子的绝望中拉回来。小满除了哭就是哭，哭累了就睡，醒了继续哭。小满每天晚上抱着小胖的书包、衣服睡，仿佛怀里抱的就是小胖。牛根柱背过去睡，其实他心里也不好受，可事情已经这样了，他又能怎样呢？他是男人，现在也是这个家的顶梁柱，他得挺起来，他经常劝小满，立春做出这样的歹事，已得到了应有的惩罚，事已经出了，没办法逆转，你心要放开些，凡事往前看，你一辈子不放下，就一辈子受罪。小满呆呆地听着，像是听进去了，又好似没有听进去。牛根柱知道他的话全成了耳旁风，她根本没有听进去，只是从耳边吹过，没有给耳朵留下任何痕迹。牛根柱见怎么劝都没有用，索性不劝了，小满反而不哭了，她天天去老牛家骂，老牛在家她骂，老牛不在家她照样骂。

　　日子还得过下去，时间会冲淡一切，随着时间慢慢地流逝，过去终将成为过去。小胖没有了，一个家不能就此打住，一个家能够传承下去就得有人，有人，什么都有可能，人都没有了，什么有也等于没有。牛根柱现在肠子都悔青了，他恨自己当初为啥那么傻，村里提倡"只生一个好"，他就积极响应了。当时他还觉得自己思想前卫，现在想想那不是前卫，那是没有前瞻性，如果当初给小胖添一个伴也不至于现在这样恓惶。他想趁自己还能动，再生一个儿子，当然，不是儿子是个闺女也行，他现在已经对生男生女没有要求了，只要是个人就行，哪怕是个哑巴、傻子都行，总比没有要强。现在才四十多岁，他认为在自己入土前还是有能力把一个孩子抚养成人的。当然，时间有些急迫，他得抓紧时间生一个。小满有些好转后，牛根柱就开始在小满身上忙碌，像在工地里干小工一样，有条有理，该打桩打桩，该垒石垒石，该拌灰拌灰，该搬砖搬砖，该打大白打大白，结婚十几年了，床上的活比他在工地里的活计要熟稔。他想，等再生一个孩子，小满就会忘掉小胖的。小满的乳房像倒挂的茄瓜，小、干瘪，以前小满的乳房像充饱了气的皮球，圆滚滚的，很有弹性，那些年牛根柱到了晚上就捧在手里，有了小胖后，那皮球就成了小胖一个人的了。小满躺在床上不动，眼睛闭着，牛根柱每次趴在她身上就有一种奸尸的感觉，这种气氛是令人沮丧的，牛根柱往往兴致勃勃地开始，然后又怏怏地结束，像吃了败仗，溃不成军。

小满是什么态度并不重要，重要的是牛根柱发现自己的功夫白费了。他瞎忙活了许久，始终不见小满的肚子鼓起来，像他学大工一样没有成效。也找医生看了，西医中医都看过，药也吃了不少，可是小满的肚皮就是鼓不起来。牛根柱有些想不通了，傻合子的老婆生了两胎后被拉到镇计生办做了绝育手术，可是仍然能怀孕，怀了四个月后被刘建民知道了，被拉去剖产，又重新做了一次结扎手术。人家怀个娃子咋就这么容易呢？小满才四十出头，每月该来的"亲戚"都会来，虽然不是准时来，但还是会来，有时提前个把星期，有时推后十天、半个月，医生说是丧子之痛影响了小满的情绪，导致排卵功能衰退，卵巢衰老不排卵，月经紊乱，等等。医生说了一大堆，总之想再次怀孕不是一件容易的事，要从长计议，要慢慢调理小满的身体，只有小满的身体好了才有可能怀孕。这个牛根柱懂，就像是一块荒地，没有肥气，没有墒情，得加一些沤熟了的粪去调理，等地肥了，墒情好了，种庄稼才长。牛根柱心想，既然人家医生都说了要从长计议，那就不能急，先调理小满的身体，然后掐准日期进行科学播种，他相信只要努力了，就是发了霉的种子也能发芽。其实牛根柱内心是很没有底的，很着急的，他知道他们这个年龄耽误不起，可是任凭他怎么下功夫，可就是不出效果。庄稼播种收割了一季又一季，小满的荒地也耕种了一年又一年，地里的庄稼收成不好，小满的荒地更没有收成，慢慢地，牛根柱也懈怠了，他对生孩子一事已不再抱多大希望。

物以类聚，人以群分。牛根柱干活没有劲头了，偶尔还会去街上干点砌活，也是三天打鱼两天晒网。他没事时只跟牛一平玩。牛一平是村小的教师，当年也是响应了国家号召，第一批领独生子女证的人。他是吃皇粮的，只能生一个，他也认为只生一个好，有一个儿子就够了。一家三口其乐融融，不论是学校的老师还是槐树湾的村民，都羡慕得不得了。儿子十八岁那年考上了省里的一所大学，眼看着就要上大学了，却在河里游泳溺水身亡，这时牛一平的老婆已不能生养了。没儿没女就是一个无后的人，这是让人抬不起头的。牛一平很少到学校里住，他愿意回到槐树湾来住，村里的人再怎么说也是村里的人，大家见面还是客客气气的，不会用别样的目光来看你。牛根柱以前很少跟牛一平玩，在他眼里牛一平是文化人，他是个大老粗，他跟人家怎么也玩不到一起去，人家开口就是一元一次方程求根公式，一元二次方程转化为一元一次方程求解，这是什么鬼东西，他不懂，觉得牛一平太高不可攀了。现在他觉得他跟牛一平是一样的。

海风

海风不记得来这里生活多久了，就像他不记得油菜花儿黄了几次，油菜籽青了几次。海风的个子像拔节时的油菜薹嗖嗖往上长，转眼已是半大小伙子。那种痛苦也慢慢淡化了，但海波的到来又让他再次回到了原点。他是一个没有家的孩子。自从上初中了，海风就很少回来，他愿意待在学校里，这样他就不用整天看着那一家人了。但每周只上五天课，周六、周日放假，他没有地方可以去，只得回来。

那天他回到家，李慧芬正在为海波削梨，旁边还放着未织完的毛线衣。李慧芬把梨削好后递给了海波，海波接过梨，并没有吃，他反而递给海风吃，海风不要，他一直递到了海风的嘴边，海风只好接过来说，海波，哥拿刀切，你一半我一半。海波高兴地拍着小手说好呀好呀，哥哥吃一半，我吃一半。这时李慧芬眼珠子瞪得老大，凶巴巴地说，什么分一半、分一半！哪有分梨的，分梨、分梨就是分离，谁跟谁分离，你要跟谁分离呀！海风脸通红，急忙把梨子往海波手里塞。李慧芬又说，你手上脏兮兮的，把梨子都摸黑了，海波吃了又会肚子痛。海风低着头没敢看李慧芬，怔在那里，不知如何是好，手里拿着梨子，像拿着一个即将爆炸的手雷，他不知道将手雷扔向何处，只能等着手雷在他手上爆炸。他知道，不论是梨子还是苹果，都不是给他吃的，现在对于他来说，什么是水果，饭桌上的拌黄瓜是水果，糖拌西红柿是水果，苹果梨子什么的对于他来说就是奢望了。他现在已经能够认清和摆正自己的位置，凡事不争不抢，只有海波选剩的才会是他的。海波黏海风，两人胜似亲兄弟。海风知道他们不是亲兄弟，海风也知道亲生与收养的区别。

海风半个屁股小心翼翼坐在椅子的边边上，紧张得大气也不敢出。

李慧芬见海风坐在那里没有走，就问，这次回来又是要生活费？

海风听了李慧芬的话，像掉进了冰窟窿，点了点头说，妈，上周给的十块钱用完了，这星期天下午去学校得带米，还要给十块钱买菜票。

李慧芬哦了一声，声音冷冰冰的，听不出她内心真实的想法，哦完后，她并没有给钱的意思，她又开始织毛衣。海风发现，从妈妈怀海波那时起就开始不停地织毛衣，现在海波都上幼儿园了她还在织毛衣，好像一辈子都在织毛衣，一辈子也织不完。那两根亮闪闪的针飞快地移动，样子却又那样地漫不经心，海风的心像被那针扎着了，或是被那毛线绕住了，心里百味杂陈。钱归李慧芬管，赵老二只负责赚钱，海风不能去找赵老二要，去找赵老二要赵老二会说找你妈要，我身上哪里有钱。海风只能静静地等着，他偷偷地看一眼李慧芬，李慧芬仍然在织毛衣，海风猜不透她的心思，给还是不给？就这么干等着。他心里乱极了。

他嚅动嘴唇，小声说，妈，我去帮爸撒肥料。他并没有动，他仍然在等。

油菜花已经开了，到了最后一次追肥的时间。赵老二在油菜地里清理沟厢，把那些堵塞、塌方的沟厢清理好，把尿素与水化在一起，通过一条条沟厢把化肥水灌溉到地里，油菜的根系贪婪地汲取养分，届时油菜籽才能越长越饱满。前几年推广滴灌"浇苗"技术没有成功，村子里都是在采用这种老式的灌溉方式，既浪费肥料，又浪费水，效果还不明显。海风曾把课本里学到的膜下滴灌技术教给赵老二，赵老二嫌麻烦，他觉得还是沟厢里灌水实际一些，看得见摸得着，心里才有底。

李慧芬放下毛衣，语速缓慢，说，你等一下，我给你拿钱，不然外面又会说我们怎么怎么样。我告诉你海风，我对你就像对亲儿子一样，对海波是啥样对你也是啥样。海风低着头没有说话。李慧芬也根本不需要听到海风的回答，在这个家里她往往就能一锤定音，这种江湖地位是靠她自己的实力打拼来的，往常她还顾及婆婆的颜面，现在她已经不用考虑这么多了。李慧芬经常在海风面前强调待他像亲生儿子一样，其实就是在反复地强调海风不是他们的孩子。他知道自己不是他们亲生的，可是他亲生的父母又在哪里呢？他还不敢明目张胆地去打听，他只能继续过这种日子。海风多么渴望能尽早结束这种生活啊。

海风走到了油菜地里，他并没有去帮赵老二浇地，而是在油菜地中间的小路上行走。路两旁的油菜花粉嫩鹅黄，一直向前延伸。他看着油菜花，希望能回想起儿时的记忆，哪怕一星半点也行。他记得小时候生活的村子好像叫槐树湾，身边的人都喜欢打麻将。他私底下去派出所打听过，在全国叫槐树湾的村子不少于一万个，喜欢打麻将的就更多了，民警曾笑着对他说，小朋友，你可曾听说过"十亿人民九亿麻，还有一亿在观察"，你提供的这个线索等于没有提供，根本就无从下手。他们在哪里呢？他们是不是也像我思念他们一样想着我？他们有没有找过我？海风最讨厌有人叫他小朋友，他现在是大人了，他要找到自己的亲生父母，他要当面问一问他们当年为什么要遗弃他。他沉浸在胡思乱想中，一直到天黑才起身回家。

天黑了，像一块黑布罩着。海风漫无目的地在路上走着，走着走着就到家了。他知道这不是他的家，但是他又没有其他地方可以去。他偷偷摸摸地进了屋，灯也不敢打开，他怕李慧芬会数落他浪费电。屋子里黑咕隆咚的，海风躺在床上，胡乱地想着心事。灯啪地亮了，雪白的灯光顿时驱散了满屋的黑暗，晃得眼睛生痛，海风好半天才适应过来。

是赵老二。

赵老二说，海风，吃饭啦。

海风"嗯"了一声，待赵老二出去好一会他才出来。他们已经开始吃饭了，海风拿起一个碗去锅里盛饭，而后又默默地坐下吃饭。海风一直往嘴里扒饭，筷子没有往桌子上伸，光吃饭，发出呼呼扒饭声和咀嚼的吧唧声。他们才是一家人，其乐融融地围坐在一起，吃着饭菜，聊着天，而他则是一个局外人，坐在那里浑身上下不自在。这顿饭吃得心不在焉，海风想着心事，光顾着吃饭，连菜都没有动一筷子。这时，海波往海风碗里搛了一筷子菜说，哥，你吃菜呀。海风抬起头看了海波一眼，又偷偷瞄了李慧芬一眼，李慧芬白了海波一眼，凶巴巴地说，他自己会搛菜，不要你多事。海波没有说话了，冲着海风调皮地吐了一下舌头。海风身上好像有粪便的味道，让李慧芬十分地嫌弃，她匆忙吃完饭，丢下碗筷，径直往堂屋里走，随后，堂屋里传来了电视的声音。赵老二和海波吃完饭，海风还在吃，赵老二说，海风你慢慢吃，吃完了叫我。海风低头扒饭，头也没抬，轻声"嗯"了一下。他们都去堂屋看电视了，厨房里只剩下海风一个人了，灯光亮如白昼，平日里窄小的厨房显得宽敞安静。海风吃了三大碗饭，感觉还没有吃饱，虽然厨房里只有他一个人，他却不好意思再吃了。他收拾好碗筷，挽起衣袖去洗。他已经记不起是从哪一天开始洗碗的，应该是海波出生后没多长时间他就开始洗碗了。刚开始是李慧芬叫他洗，他当时还有点抗拒，很快他就认清了形势，摆正了位置，后来没有人叫他洗他也会洗了，这是自然而然的事了。后来洗碗的活是他的了，赵老二偶尔会说洗，但从来没有洗过。

厨房里很静，碗之间碰撞的声音格外悦耳。海风竟然把碗筷洗了两次，他突然想起来，有些不好意思。他笑了笑，只有他一个人，安静笼罩着他和映在墙壁上的影子，他一动，影子跟着动，窗外黑漆漆的，他知道黑夜真的来了。

立春

立春又梦见海风了。一阵春风吹绿了大地，一阵秋风吹黄了树叶，一年又一年就这样过。十几年的时光好像就是一眨眼的事，不知不觉就这样过去了，真像做了一场梦一样。她时常沉浸在梦里，梦里的事就是经历过的往事，历历在目，却又像是真的，又像是假的，她自己也辨不清是真是假。十三年了，海风一点都没变，还是虎头虎脑的样子，就连身高也没有变。海风这么高不成了侏儒了嘛，立春就哭，哭一会儿，她就安慰自己，女人十八都回头，男人三十还慢慢悠；二十三，蹿一蹿；二十五，鼓一鼓。海风肯定会长高的，现在应该长得有她高了才是，或者比她还要高，他不应该还是小时候的样子，可是他现在应该是什么样子呢？她不知道。海风的模样在立春的脑海里永远停留在三岁，她内心也很怕海风会长大，如果他真的长高了长大了，她就是在路上碰上了也不会认识的。一想到这儿，立春忍不住地伤感，只能哭，哭着哭着就哭醒了。立春几乎每天晚上都会梦见海风，每次醒来都是没有了海风的影子，她还不死心地四周搜寻，好像还没有完全走出梦境。她用手抹了抹眼睛，其实她早就没有眼泪了，哭的时候是干哭，嘴巴呜咽着，却流不出一滴眼泪。她想海风，拼了命地想，想得心把儿都疼。海风像风一样地消失了，她总是不能控制自己的牵挂，海风去了哪里？是死是活？这些都是未知数，一直在折磨着她。

天越来越长了，要是在往常，这个时间应该有点夜幕降临的味道。天还光亮着，立春的步子迈得小心谨慎。她瘦瘦的身子显得弱不禁风，苍白的脸上已没有了表情。夕阳像一件披风，轻轻地披在立春身上，发出鲜艳的光芒。她心里仍是一片慌乱，像一只误闯进房间的鸟扑着翅膀四处寻找出口。路上还有几个孩子在嬉闹，他们看到老牛时神情怪异，他们认识这个奇怪的老头。他是个只种庄稼不打理庄稼的怪人，每到种庄稼时，他就会出现在地里，种完后人就消失了，从来不给庄稼除草、施肥、打药，庄稼长得没有草长得好。但是一到庄稼要收割时他又出现了，有时庄稼要收割时赶不回来，任由庄稼烂在了地里。他们很纳闷儿，这个奇怪的老头身边怎么会跟着一个陌生的女人，难道是他新娶的媳妇？立春从他们身边走过，孩子围拢在一起小声嘀咕着，然后又传来孩子们的哄笑声。她顾不上这些了，脚步匆忙，想尽快回到自己的家，这是她生活过的村子，她却感到很陌生，不知道脚往哪里迈，机械地紧紧地跟着老牛，生怕少迈一步就会跟丢。

家还是那个家，只是老牛也常年在外面奔波，家里少有人住。门前已长满了杂草，也落满了树叶。雨把房顶淋出了一个漏子，椽子被雨淋了，长期没有打理，椽子已经沤烂了，如果不早点换上说不定哪天上面的瓦就会塌下来。家里只剩下四面墙了，里面什么也没有，可是她却感到很温暖，她看到哪里，哪里就会有海风的影子。立春看到了她陪嫁过来的箱子，上面落了不少灰。她走过去，轻轻一吹，那灰四处飞散，差点儿迷住了她的眼睛。她打开箱子，里面装的东西没有动，有海风用过的胶奶嘴儿，还有海风穿过的兜兜，兜兜上还有她熟悉的奶腥味儿。海风穿过的衣服都还在，一件也没有丢，一件也没有动，以前放在什么位置现在还放在什么位置。老牛早就想扔掉这些东西了，免得立春看见了伤心，可是立春舍不得，当成宝贝，后来她精神有些失常，老牛不敢动这些东西。再后来老牛更不敢动这些东西了，万一哪天海风回来了，说不准这些东西可以唤醒他儿时的记忆。这些东西都留了下来。立春眼泪一下子就滑下来了，仿佛海风就在眼前，她听见了海风的笑声，她伸手去抱海风，海风嘻嘻哈哈地跑开了，又一下子从眼前消失了。她叹了一口气。房间只有她和老牛。

天刚亮，立春听见门外有人在骂，她听出来了，有人在指名道姓地骂她。她呆滞地望了望老牛。老牛露出无奈的表情，说，是小满。立春一下就明白了。她好久没有听到小满的声音了。

老牛说，这么多年了，你应该也想通了，当初是你不对，小满她做得再不对，你也不应该药人家孩子。立春面无表情地点了点头。老牛又说，既然回来了，以后难免要见面，晚见不如早见，我带你过去给人家道个歉，她接不接受是一回事，但是这个歉你应该道。立春还是面无表情地点了点头。立春虽然点头同意了，但是她内心是极其不愿意的，她几乎是被老牛生拉硬扯过来的。其实她心里清楚，她和小满是不可能和好的，就算她现在给她下跪，把头磕破都是没有用的。她不知道自己该怎么做，现在唯一能做的就是机械地服从老牛的安排。

老牛敲开了门。老牛把身子往旁边一偏，立春就在小满面前出现了。她看见了小满，她迎着小满的目光。这十多年来，她在里面也忏悔过，不管小满用怎样恶毒的语言攻击她，那也只是语言，而她一冲动却彻底毁了她一家人的幸福，她知道她现在想赎罪已没有用了。小满猛地看见了立春，一惊。她没有想到会是立春。她是不可能原谅她的，就算把这个女人捅上一百刀、一千刀，都无法让她平息内心的愤怒。小满冲过来，啪地给了立春一记响亮的耳光，那声音脆生生的，响在脸上，又落在地上。立春想控制却怎么也控制不住，眼泪哗啦啦地往下落。立春没想到自己能流泪了。牛根柱赶紧拉住了小满，小满愤怒地扑向立春。牛根柱边拉住小满边对老牛说，根尚，你还是把立春领回家去吧。

老牛只好拉着立春往回走。立春看见小满瘫软在地上骂，骂老牛骂她程立春，骂着骂着就哭了起来。随后，厚重的木门啪地关上了。

立春回到家仍能清晰地听到小满的哭声，那哭声撕心裂肺，现在她特别能理解小满失去儿子的痛楚，因为她也有相同的境遇，也只能没日没夜地嘶喊。但所做的一切都是徒劳无功的，失去的就永远失去了，上天不会给你一次补救的机会。

晚上，牛根柱来了，干坐了一会儿，叹一口气。老牛咧咧嘴巴，没有说话，递给牛根柱一根烟，牛根柱犹疑了一下，接住。老牛忙帮他点燃。牛根柱这几年拼了命地抽烟，抽烟的动作娴熟，他猛地吸了一口，那一口很长，好像烟对不上他的味，很艰难地吸进去，然后猛烈咳嗽起来，顷刻间，一股浓烟从嘴里、鼻孔里喷了出来。他过了一会，又猛地吸了一口。老牛也点上了一支，两个人望着彼此的身后，默默地吸烟，都没有说话。后来还是牛根柱打破了沉默，他说这事不能怪小满，不是小满没有肚量，只是立春事做得太不应该了，我们又有多大的仇多大的恨呢？没有，反而我们两家关系最好，村里人哪个不羡慕呢？唉，到现在我都想不通呀，为啥子立春会这样做，别说小满心里的疙瘩解不开，我心里也有气。立春回来了，以后呢，还是不要见面了，这个仇她不放下，我也放不下。牛根柱又叹了一口气，把烟蒂扔在地上，用脚尖碾灭，倒背着双手回去了。

老牛与立春对视了一眼，两人都沉默了。

那一晚，灯亮了很久才灭。

海风

海风是从教导处获得这个令人振奋的消息的，他没心思上课了。十三年了，终于找到了。派出所的民警说，那个叫槐树湾村的地方和你所描述的地方基本一致，有一对老夫妻，男的以前在街上干砌活，十三年前丢了一个三岁的孩子，名字也叫海风。

放学后，海风没有回家。他忽然不想回家了，一个人漫无目的地行走在乡间的小道上。海风无精打采地穿过狭长的街道。夕阳西下，华丽的色彩披满了全身，海风像一个着了火的人，他走到哪里哪里就着了火，房子上，墙壁上，和他擦肩而过的行人，都着了火，红彤彤的，没有人关注他，更没有人看见他脸上流露着他这年纪不该有的忧伤。夕阳像是被人拽了，沉下去了，红色的衣服从他身上滑落。他一步一步走着，穿过长长的街道，走过狭窄的巷子时，夕阳被挂在了一棵大榆树上，把那光划成了许多碎片。他故意不按以前的路径走，他想到油菜地，只是想到那里走一走，看一看。

一簇簇的油菜花轻轻摇动，那花香弥漫开来，到处都是油菜花香。这漫天遍野、铺天盖地的油菜花都是一个样子，但是他又觉得在哪里见过。他想起来了，是在梦里，他一个人在油菜花丛中走，一望无垠，怎么走也走不出来，心里突然间有些异样，对油菜花升起一股莫名的恐慌。他突然有了一种急切想走出油菜花丛的感觉。是的，他很快就要走出来了。可是他却又犹疑了，他不知道走出了油菜花自己又该怎么办。他在路边坐下来，青草软乎乎的，像坐在沙发上，他轻轻抚摸身旁的青草，很舒服的感觉。风轻轻地吹着，油菜花摇晃着，油菜花儿密密实实，风无法透进来，油菜秆立在那里纹丝不动，他听着风从头顶上吹过。绿油油的秆儿下面发出了新鲜的小枝，那细小的枝上也开满了花，有些秆儿光溜溜的，青乎乎的，发出的叶子湛绿、水灵，海风知道它们是结不了果的。有的叶子落在地上，与土的颜色接近，如果不是叶子支棱着，你看不出它是一片枯黄的叶子。有一只黑色的鸟在路中间跳跃着，挑挑拣拣，它好像发现了他的存在，"噗"的一声弹射出去。他一直目送它消失，消失在那一片金黄色的油菜花尽头，他仍盯着空洞的天，好像期待那只鸟能够再次飞回来。他很羡慕那只鸟，可以自由地飞翔，有自己的一片天空，也有属于自己的巢。风好像停了，油菜花儿也静止不动了，像一幅山水油画，安静，恬淡，安谧。他起身向回走。家最终还是要回的，无论他如何把回家的距离拉长，终究还是会被脚步带回家。不然他又能去哪里呢？

海风迟疑着，偷偷摸摸地挨进厨房的门，他们都在客厅里看电视，桌子上的饭菜还在，用菜罩盖着，菜罩子呈圆形，双股骨架，可以折叠，罩面是蕾丝的，针眼细密，可以阻挡蚊虫爬入。他掀开菜罩，菜已冷，饭已凉，他盛了一碗饭，坐下来埋头吃了起来。他没有挑三拣四的资本，只要能填饱肚子就行。吃完饭后，他悄悄地经过客厅，他们都假装没有看到他，都盯着电视，李慧芬的眼睛斜斜地扫过来，正好与他的目光相对，然后他慌张地躲避着，赶紧坐在椅子上。李慧芬半躺在沙发上，海波坐在她怀里撒娇，她盯着海风。李慧芬脸上的神色很奇怪，有神秘莫测的笑，像是藏着什么阴谋，这是海风之前从未看见过的。海风被盯得不好意思了，忙把头垂了下来。

她忽然说，听说你找到你亲爸亲妈了？

海风没有想到她这么快就知道了，更没有想到她如此一问，一愣，却不知怎么回答，紧闭双唇，沉默了。

赵老二"哦"了一声。

然后又是一片死寂。

她说，你有什么打算？

海风还是没有回答，只是轻轻地抬起头看了她一眼，而后又把头垂了下来，好像他细长的脖子无法承载头颅的重量。

他们继续沉默着。时间在一分一秒地流逝。现在是农历五月，气候已开始转暖，年轻人有穿衬衣的，有穿薄外套的，那些年老的还有穿毛衣、小袄子的。海风穿着一件薄薄的衬衫，额头上已沁出了一层细小的汗珠，但是他却不知道自己到底是热还是冷。他抬头看了他们一眼，赵老二眼睛盯着电视，李慧芬也看着电视。电视里正在放电视剧《还珠格格》，镜头里出现了面带凶光的容嬷嬷正在用针扎紫薇，如此紧要关头，他们的心都揪在这里。海风觉得他们之间已经达成了某种默契，对于海风要去找亲生父母的念头，他们既从内心深处排斥，毕竟花了这么长时间养大成人，突然又要离开他们难免心里会有些不舍，同时又希望他能主动离开，这样就少了一个负担，海波也少了一个分家产的人。尽管海风没有与海波争家产的想法，但是他总要成家立业，现在读书要钱，吃穿要钱，以后结婚生子也要钱，毕竟海波才是他们的孩子，而他充其量只是一个替代品。恍惚间，海风已把自己置入了电视的情景中，发现容嬷嬷用针扎的正是他自己。

海风很想说点什么，可是，说什么呢？他不知道自己该说什么、不该说什么。他嚅动嘴唇，终究还是没有张嘴。以前他还能跟赵老二说上几句话，不知什么时候起，他们越来越没有话说。

李慧芬又说，他们毕竟是你的亲生父母，你如果去找他们，我们也不会阻拦。

海风明白她这话的意思。是的，她现在有了弟弟——海波，他已成了这个家最多余的人，他如果离开对于他们来说将会是最合适不过的一件事情了。

赵老二说，你要想好，如果你觉得我们对你还不错的话，你就留下来。如果，如果你觉得那里才是你的家那你就回去。赵老二又补充道，如果那边不好，你随时可以回来。赵老二的话让海风心头一热，可一扭头又看见了李慧芬冷硬的脸，他能感受到那种凛冽的寒气，仿佛掉进了冰窟窿，浑身上下被寒气包裹住，像冻硬的雪球。

现在他不知道到底哪个才是他的家，这里已不是他的家了，没有人真心接纳他了，他完全可以理直气壮地光明正大地走。可是，一旦真正下决心要离开却又有些舍不得了，这里还有什么值得他留恋的呢？没有，真的什么也没有，这么多年只有委屈，只有屈辱，离开这个家门，他知道一旦迈出去就不可能再回来了。他的内心还在剧烈地挣扎，枯坐了半天，低声说，我去睡觉了。说完转身往卧室里走，在关房门时忍不住看了一眼，这一眼正好撞上了李慧芬的目光，正是这目光坚定了他走出这个家门的决心。海风得回去，去见牛根尚！去见程立春！他不是赵海风，他是牛海风，他得去祭拜牛氏祖先，去认祖归宗。

走的那天，他起了个大早，之所以选择这个时候走也是有理由的，人们都没有起来，他不想惊动他们，也不想碰上一些熟悉的人，又要说一大堆言不由衷的话。往常这个时候，李慧芬是起床做早饭的，但现在也没有听到厨房里的声响，可能她知道他要走了，故意躺在床上不起来，避开那见面的尴尬吧。他仿佛还听见了赵老二的鼾声，他深深地吸了一口气，身体鼓胀，他蓦然转身，望了望这个他生活了十三年的地方，眼光一暗，转身向前走去。

老牛

老牛接到派出所的通知，先是怔了一下，然后抱着头蹲着，两行浑浊的老泪顺着褶皱的脸往下流。海风丢的那年，他天天去找派出所，可是没有用，人家说没有一丝一毫的线索根本无从下手。老牛又找了清明婶。清明婶没有收他的钱，仍然很用心地给他算。她算出了海风大致的方位是在南方。老牛下广州、深圳最多了，贴寻人启事，被城管抓过多次，也因为没有暂住证被派出所、村联防队抓过。后来他不仅仅局限于南方了，到处找，没有头绪地找。十三年了，他每年都出去找，除了新疆、西藏、台湾、香港、澳门、海南，全国所有的省份他都找过了，睡过大街，挨过饿，挨过骂，也挨过打，但是他都没有放弃寻找海风，今年他打算带立春一起出门，等油菜籽收了就去找海风，他没有想到还没有出门就接到了好消息。派出所的民警说了，是海风通过网络找到他们的，还发过来相片，老牛一眼就认出了海风。他不敢把这一消息告诉立春，他害怕她无法接受。过了几天，海风回家的消息终于来了，瞒是瞒不住了。老牛刚说了一半，立春就抢着说，我看见海风了，真的，你信不信，他就在回家的路上。立春脸上露出幸福的笑容，好像海风就在身边。老牛不知道有多久没有见立春笑了，立春高兴他就高兴，于是笑着说，是的是的，很快很快就可以见着了。

立春兴奋得睡不着觉，她想马上就要见到海风了，看到哪里哪里都是温暖的颜色，那一团笼罩在心中的阴影也消散了，和暖的阳光照进来了，心里暖烘烘的。她突然发现，自己的生活并非是一团死水，也是波光激滟的。后来，程立春睡着了，这一夜她睡得特别踏实。日出三竿了她还在熟睡，如果不是老牛叫她，她还不会醒来，这是没有过的事。程立春梳洗时发现，那些花白的头发好像返青了，也就是一个晚上，头发黑了，脸上的皱纹也少了。待她起来时，发现老牛已把庭院打扫得干干净净。立春突然不安地说，小满姐会不会过来闹？老牛说，我昨天跟根柱哥说了，他带着小满走亲戚了。

海风想到马上就要见到他们了，内心异常紧张。他理应不紧张才对，他不是日思夜想吗，现在这是怎么了？他长吁了一口气，可是仍然紧张，这种紧张是打心底里冒出来的，不是人为可以控制的，像村口的那一口池塘，到了雨季，积满了雨水，汩汩往上冒，一寸一寸，眼看着就要漫到池塘沿了，如果真漫出来也没什么了，可以顺着低洼处流走，可是就差那么一点儿，让人的心紧紧地揪着，蚂蚁爬似的，痒痒的，袭遍全身。车载着海风一直在路上跑着，上高速，过国道，跑乡路，有平坦，也有坎坷，海风的双腿蜷曲着，却感到特别的放松，即使在颠簸的途中，他也安然入睡。那是他有生以来睡得最舒服的一觉，这哪里是睡在面包车上，他又梦见了一片一片的油菜花，他分明是睡在油菜花上面，油菜花托着他随着风轻轻地摇晃，那黄色的花瓣把他整个人覆盖起来，闻到的都是花香，好温暖好幸福的感觉啊。

海风到了槐树湾派出所，他轻轻捏了捏脖子，昨晚睡在车上像是落了枕，脖子有些疼痛。他拧开水龙头，用冷水简单地洗了一把脸，驻足在警容镜前照了又照，又把手打湿，用手指把头发梳了又梳，把那些压翘的头发整理得服服帖帖，一丝不苟的样子，然后催促警察带他去槐树湾村。昌河面包车快速地往槐树湾驶去，车顶的警灯闪个不停，快到槐树湾村口时还拉响了警笛。海风看到一大群人挤在路中间，一条长长的鲜红的横幅把整条路都拦住了，海风老远就看清了横幅上面写的几个大字——欢迎牛海风回家！海风心里一酸，一粒粒眼泪滚落下来。

面包车缓缓地停了下来，车门刚打开，他弯着腰第一个从车里钻了出来，那么多人，他不知道哪一个是他的亲生父母。一群异常兴奋的年轻人，手里拉着横幅，还有一个正把一大卷鞭炮往地上放，长长的像一根红色的绳子；一群情绪激动的老人，不是抖动着胡须就是抖动着下巴；一群浊泪横飞的妇女，伤心地耸动肩头，好像海风是她们失散多年而突然归来的孩子。哪一个才是我的父母呀？海风心情无比焦虑。他慢慢地向前走，红红的眼睛快速地扫视，不放过前面每一个人。是哪个呢？哪个才是我的父母？这些身影每一个看起来都那么熟悉，又那么陌生。他正在惆怅之际，一个老人突然失声痛哭起来，大声喊着，海风，我的儿呀，这么多年你去哪儿啦？人却瘫了，一步也走不动了。眼前的这个女人，个子很小，身子和脸都瘦，像个窄窄的木棍，额头眉骨凸起，眉毛稀疏，眼睛细长，很大的眼袋，脸色苍白，像一个大病初愈的人。海风知道她就是他日思夜想的亲生母亲，另一个老人在使劲儿搀扶她站起来，那个老人应该就是父亲了。他们怎么这么老，远没有自己想象得年轻，他几乎不敢相信这就是他的父母，现在他已经可以确定无疑了。他停下了脚步，怔了一下，不觉中视线模糊起来，然后猛地向他们跑去，大声地喊道，爸！妈！我回来啦！你们让我找得好辛苦呀！海风扑上前去，抱住了立春，控制不住地号啕大哭起来。立春将海风紧紧地揽进怀里，全是骨头的胳膊竟然那么有力，她抱得那么紧，好像一松手海风就会从她面前飞走。海风完全没有想到这个干瘦的老人会有这么大的力气，勒得他有种喘不过气的感觉。海风没有挣扎，任由她这么紧紧地抱着，也任由自己的眼泪尽情地流淌。老牛拍拍海风的背说，好了，别哭了，我们回家吧。这句话很短，海风听懂了，却有些吃力，像强迫自己听一句英语。这话既是说给海风的，也是说给立春的。海风止住了哭声，立春却控制不住，拉着海风的胳膊哽咽流泪，嘴里还在哭诉着什么，像是在打呼噜，海风听不清，也听不懂。不知是谁带头鼓起了掌，那掌声响成了一片。还有人为海风归来而欢呼。这时，爆竹也跟着响了起来。海风，海风，海风听到四处都是喊他的声音。爆竹停后，海风听见人群里议论纷纷。海风还是小时候的样子，长得跟老牛一样，那鼻子，那眼睛，一个模子刻出来的一样。一点都没变，跟小时候长得一模一样。海风不知道自己小时候长得什么样子，后来他看到了小时候的相片才发现，自己早已脱胎换骨，相片里根本找不到他一星半点的影子。

海风搀扶着立春。立春的双腿好像没有长在身上，步履蹒跚，如果不是老牛和海风搀扶，她一步也走不了，幸福来得太过突然，她不光心里一时无法接受，就连身体也无法接受，她脸上是满足的、幸福的，仰望着海风一刻也不愿离开，她仔细端详面前这个少年，好像永远也看不够。海风知道立春一直在看他，他现在有意想回避，他甚至有些害怕立春的目光，一旦目光相遇他显得异常惊慌，目光赶紧躲闪。海风不看她，跟着人群往村子里走去。突然，一个女人冲了过来，指着母亲破口大骂，一个男人正在拦她。海风刚回到家就遇到了有人骂母亲，他先是发了一下愣，然后挡在立春的前面。老牛紧紧地拉住了他，他茫然地望着老牛，老牛没有说话。

有几个人过去和那个男人把那个女人给架走了，那女人拼命地挣扎，她的眼神相当犀利，充满了恨意，紧接着传来她凄厉的哭声。那哭声气势磅礴、高亢激烈，一直冲击着海风的耳膜。

海风被簇拥着走进了一个矮趴趴的家。三间矮趴趴的瓦房，他怔住了，这个家与他想象的家有太大的差距，他万万没有想到自己的家竟然是这个样子，他一点印象也没有了，脑袋顿时耷拉下来，目光盯着自己的脚。老牛说，海风，到家了，我们进屋吧。海风没有说话，点了点头，立春拉了一下海风说，儿子，我们到家了。海风看了一眼立春，"嗯"了一声，人们都围了过来，簇拥着他进了屋。家里陈设更为简单，除了一盏白炽灯，看不到其他家用电器，看得出日子过得相当清贫。这多少有点出乎海风的意料，他万万没有想到自己的家会清贫到这个地步，不，是父母的家到了一贫如洗的程度。不过，他想到从此将与自己的亲生父母在一起生活，不用低眉顺眼看人眼色了，顿时觉得头顶的天开阔了，眼睛透过屋顶，重见天日。

这时耳边又清晰地传来那女人的骂声，他腾地站了起来。老牛示意他坐下，指了指，说就在隔壁。海风有点发蒙。老牛说，这事说来话就长了，有时间再跟你说吧。海风有些不解，扭过头看了看立春，她面无表情，好像与她没有一丝一毫的关系。那女人的叫骂继续着，好像就在海风身边。

日子久了，海风适应了骂声，那叫骂好像学校的出操曲，戛然而止的安静反而让海风不太习惯。海风见父母都默许小满泼妇骂街的行为，也就变相地承认了她叫骂的合理性，他试图干预的念头也随之消失。

海风

海风每晚睡觉总觉得身边有一个人在看着他，是谁他不知道，因为他已睡着了，只是心里有这种感觉，他不知道是不是自己又在做梦。

一天晚上，那种被人偷窥的感觉又出现了。海风好不容易努力睁开了眼睛。黑暗中，一个人，正静静地望着他。是立春。她坐在床沿边很认真地看着他，像是在鉴赏一件文物。海风被吓了一跳，轻轻地问，妈，你怎么在这儿？立春笑了笑说，哦，没事没事，我就是想看看你。海风疑惑地打量立春，其实他能理解她失去儿子这么多年的痛苦，更能理解失去十多年的儿子突然又从天而降的这份喜悦，任谁心里都不能接受，这需要一个漫长的适应过程。他想安慰一下母亲，却又不知说些什么，想了半晌才说，妈，你去睡吧，我也要睡了，明天还要上学呢。立春说，好好，你睡吧，我这就走。她的眼睛还是死死地盯着海风看，根本没有要走的意思。海风不敢与立春对视，立春好像永远也看不够，盯着海风就不会移走。海风想把目光移开又觉得移到哪里都会看到立春，他只好闭上眼睛，他知道她还在盯着他看，知道自己被人盯着，那感觉有些怪怪的，怎么也睡不着。老牛过来了，他拉着立春说，回房睡觉吧，你坐在这里让海风咋睡呢？立春被老牛拉出了房间，海风盯着房门，感觉母亲一直没有离开，一直在看着他。他睁大眼睛，脑子里乱七八糟地想事情，什么时间睡着了也不知道。

老牛一直把海风当作长不大的孩子。那天只是下了一场小雨，他竟然走了几里的路，专门到学校给海风送来了长筒胶鞋和雨伞。

班上的同学并不知道老牛是海风的父亲，他们从老牛外表上看以为是海风的爷爷，一个同学大声说，牛海风，你爷爷给你送雨伞来了。海风脸涨得通红，半天才说，那是我爸。同学听了都吃了一惊，万万没有想到这个从外地转来的海风竟然有一个这么老的父亲，他们的眼里充满了怀疑，也充满了鄙视。来学校已快两个月了，可是海风发现自己始终无法融入这里，同学们说话他听不懂，他跟他们说话要说普通话，整个学校就他一个人说普通话，同学们一听到他说普通话就像打量怪物一样看他。海风显然不愿意让同学们知道他有一个这么老的爸爸，他叫老牛回去，老牛要把伞和胶鞋留下，海风不知道自己从哪里来的那么大的火气，冲着老牛咆哮，谁让你送了，谁让你送了，多事，你给我拿回去！老牛像一个做了错事的孩子，怔了一下，说，我这就回去，然后默默地离开。海风心里难受极了，他知道他不应该对他发那么大的火，可是他真的憋不住了，心里却在懊悔，爸爸，对不起。

　　海风越来越不愿意回到这个家了，他总是会拖到很晚才回来。无论他回来得多晚，程立春都会坐在那里等他。他不回来，立春就一直坐在那一把五花大绑的椅子上等他。立春看见海风回来了，一扭身子，那椅子发出吱吱呀呀的声音。海风很担心那椅子会随时散架。这把椅子是他出生那一年做的，走丢那年被立春给砸坏了，后来老牛用碎布条把它缠住，像是给这把椅子做了一场手术，勉强能够坐，一动就会发出吱吱呀呀的声音。立春说，海风回来了，下雨没有淋坏你吧？边说边站起来迎接海风，手伸过来，想从海风肩上接下那并不重的书包。海风肩膀一甩，愤愤地说，我不是三岁的孩子，我知道自己照顾自己，以后你们没事不要往学校里跑。老牛低下了头，他知道在同学面前给儿子丢人了。立春被海风凶了一顿，刚站起来又蔫蔫地坐在这把椅子上。她看着海风，一副可怜巴巴的样子，一直保持这个姿势，等海风动了才跟着转动了一下身子。她嘴唇嚅动着，直愣愣地看了海风半天，她想叫一声海风又怕他不理她凶她，眼中仍然充满了慈爱，也充满了不解。海风顿时觉得自己做得有些过分了，怎么说他也不应该凶她，狗还不嫌家贫，儿不嫌母丑。他看着母亲的脸，这张脸早就蛛网一样爬满了皱纹。一条一条，横七竖八交织着，纠缠着。他心情沉重起来，一阵心酸，小声说，妈，我饿了。立春立即笑了，忙应着，好好，我这就去做饭。

海风又看了一眼老牛，也不知道该说什么，一声不吭地躲进屋里去了。他现在跟他们越来越没有话说，坐在一起尴尬得很。有时他看见他们了，也不说话，假装没有看见，低着头悄悄地溜进房间，等到要吃饭时，喊上半天他才磨磨蹭蹭地出来。

这一夜，海风翻来覆去地想心事。老牛和立春也没有睡实，过会儿翻一个身，过会儿叹息一声。海风木然盯着上方，黑漆漆的一片，他心头也是一片茫然。在这里生活了这么长时间，却一直感觉不踏实，他不能适应这里的一切，他还是想回到以前的那个家，他不知道他还能不能回去，回去了他们还会不会接受他。他心里乱乱的，不知道该怎么办，他在心里不停地问自己，怎么办？怎么办？我该怎么办呢？

海风披着衣服出来了，他神情恍惚，一个人沿着小道向前走，他要走向什么地方，他也不知道，心思乱如麻，就一直这么走着。最后他坐了下来。

身后传来一阵咳嗽声，不知什么时候老牛也出来了。他手里拿着一件外套，往海风面前一递，说，夜里外面还是有点凉，披上吧。海风迟疑了一下，接了过来，披在了身上。老牛默默地站在海风的身边，抬起头，没话找话地说，今晚的星星真多。海风跟着抬头，他望了望天空。是的，今晚满天繁星闪烁，这个眨了眼睛，那个也跟着眨眼睛，夜空真美，美得像童话。他好久没有看过夜晚的天空了。他们都不说话了，仰着头盯着天空，像在探索星空的秘密。稠密的星光铺下来，地上光亮亮的。路边的草丛里有蛐蛐和纺织娘的叫声。

海风突然说，爸，我想回河北。海风始终盯着天空，好像在跟天上的星星说话。

老牛听了并没有感到意外，神色十分平静，好像早就知道海风的想法。老牛默默地说，你自己看着办，你决定的事情我们不拦你，只要你过得好就行。

海风说，可是……海风还想说什么，又觉得没什么可说。

老牛叹了一口气说，回家吧，海风。说完，老牛倒背着双手往回走。

海风怔了一下，他不明白老牛的意思。

老牛佝偻着身子往回走，像一只苍老的虾米在轻轻移动。他的腰永远也无法挺直了。海风心里难受极了，千辛万苦才找到自己的亲生父母，他始终感觉不到那份亲情，反而觉得格外生分。

海风又看了看头顶上的星星，它们闪呀闪的，像在跟他说，回家吧，海风。他还没有听清楚，更没有弄清楚那句话的意思，那句话又消失得无影无踪了。他揉了揉眼睛，星星还在闪呀闪。

出走的武生

　　那个挨雷劈的有消息了！母亲的声音从午后的烈日中传来，如晴空一记闷雷，我昏昏欲睡的大脑立即被记忆唤醒，那种清醒不是自然醒来的，而是起床后清水洗脸的一激灵，或是兜头一盆凉水淋醒了我仇恨的头颅。怎么说呢，这件事我们已经折腾了这么多年了，一直没有一个结果，我也有些疲倦了，有些懈怠了，总是母亲给了我支撑下去的力量。这些年母亲就是为此而活着，尽管不停地折腾，不停地失望而归，母亲却给我留下了坚持到底越挫越勇的印象，她已经上升到乐此不疲的高度，我还有什么理由疲倦、懈怠呢？

　　我恨他。我对他的仇恨是强烈的，就像门前的汉江河水一样连绵不绝，我多次萌生见了他就要杀了他的念头。我没有见过他，他也没有见过我，他压根儿也没有想要见我，不然他也不会丢下我们离家出走。我没有见过他，当然他也没有给我留下什么印象，他只是给我的童年带来了无尽的痛苦。母亲的一生都在和他做斗争，或者说我是他的替代品，母亲则是在和我这个替代品做斗争。这场斗争中他始终躲在暗处，他像个远遁他乡的逃兵一直在躲着不见我

154

们，我们始终不知道他在哪里。母亲愤怒的火焰燃烧着却不知烧向何处，她只得拿我出气，最终我和母亲都被烧得遍体鳞伤。我不知道我做错了什么，我也不知道她什么时候会生气，我也想尽可能地做好，但是我不知道怎样才能做好，一直这样提心吊胆地生活，在这种惶惶不可终日的日子里长大。

母亲对待我的态度让我一度怀疑自己是不是她亲生的。三兄弟中我是老幺，俗话说：爷奶喜欢长孙子，爹娘心疼断肠儿。母亲应该心肝宝贝地疼我才是，可是没有，心疼谈不上，虐待毫不为过。一些大人看到我身上的伤痕会心生怜悯，对母亲的这种行为却表示理解。我搞不清原因。母亲总是在心情不好的时候向我发泄，谁也劝不住她，直到我上了高中，比她高一大头了她才没有打我了，我的力气一天比一天大，我的性格非常暴烈，大哥、二哥也不敢和我动手，在学校我经常把高年级的学生打得跪地求饶，就连老师也不敢说我。有几次我打架进了派出所，因为年龄的原因次次交钱了事。母亲不再打我了，只有她那句"跟他一样，一辈子不成器"时常挂在嘴边。我从小被打骂惯了，当然与母亲心生隔阂。我们基本上不说话，就是说也是生硬的，像羊儿屎，一粒一粒的，膈应人。现在想来，我也不知道我是怎样过来的，尖锐的母子关系是如何压制下来，如何安然度过了我的青春叛逆期。

他是在我快要出生时突然离家出走的，像烈日午后的一场暴雨，事先没有一点先兆，说来就来，说走就走，让人猝不及防。母亲想让我胎死腹中，她是在众人的劝说下才勉强把我生下来的，其目的就是要拿我出气。这些年我一直没有放弃找他。准确地说，这些年来我们一直没有放弃找他，母亲说就是掘地三尺也得把他挖出来。母亲找他的目的很简单，就是我们过得不好你也休想过得逍遥自在。找到了他我又该怎么做呢？就像一户穷人家突然得到了两斤鲍鱼不知道该如何烹制，真是件让人头痛的事情。

进入这个夏天，有关他的消息像涨潮的汉江漂浮物突然多了起来。这些年来我们无数次得到"确切"消息又无数次地无功而返。再次得到消息，我和母亲立即刺刀出鞘子弹上膛，心中的气旋即膨胀起来，雄赳赳气昂昂，整个人高大起来，浑身上下充满了力量。这个时候我会按照母亲的最高指示立即去召集亲朋好友，大家簇拥在母亲的身旁，像一支浩浩荡荡的军队，向他所藏匿的方向杀去。母亲作为最大的受害者，自然得到了全槐树湾村人的同情，以至于她平常对我的各种非人的让人无法接受的宣泄也理所当然地得到了大家的理解。大家都说"春分这辈子不容易"，难道我容易吗？大家都说，你也别怨人，要怨就怨你自己，谁让你长得那么像他呢？换着谁看见了也会生气。可是长得像我有错吗？他们甚至为我母亲找到了一个泄愤的对象而感到高兴。据说我长得与他很像，而且说话的腔调、动作姿势都是一样的，母亲一直把我当作他来对待。以前母亲的性格是公认的好，出了这档子事后就变成现在这副样子，有一些不可理喻，而我就成了缓解母亲精神压力的"灵丹妙药"，每一次治愈母亲突然而至的病，我就会被她打得遍体鳞伤。

我给城里的大哥、二哥打电话，他们俩都不愿意回来，我说了狠话他们才回来的。过了这么多年，大哥、二哥已经有些疲了，如果连他们俩都疲了，倦了，那其他的人就更别说了，召集大家也有些困难了，很多人迫于母亲的面子或是同情母亲的遭遇才勉强过来的。院子里已来了几个至亲的人，母亲又开始泪一把鼻涕一把地哭诉。这样的场景已上演过太多次了，我有些麻木了，大家也有些麻木了。母亲精神抖擞，她丝毫感觉不到我们的疲倦，一如既往地向大家哭诉。她爱用的词句腔调，说话间的停顿间歇，声音里的抑扬顿挫，什么时间哭泣、什么时间抽泣、什么时间哽咽、什么时间停顿，都是有讲究的，母亲的哭诉已经很程序化。大家已熟悉她那一套熟练的语言和动作，也许已经听过二十遍或是五十遍了。说实在的，他们已经听不下去了，甚至有无非是多看一出话剧的想法。尽管这样，大家都忍着，竭尽所能地配合母亲把这一出话剧演完，还有几个妇女积极地扮演群众演员，围在母亲身旁象征性地劝解。如果没有她们在一旁劝说，母亲会一直喋喋不休地哭诉下去，像门前流淌的汉江河水昼夜不停，一波接过一波。大哥、二哥站在母亲身旁劝慰，他们俩也不知说些什么，不停地用手抚摸着母亲的后背，好像这样就可以安抚母亲的情绪。我听了母亲的哭诉，内心的仇恨会更加强烈，我没有在脸上表现出来。我一言不发地坐在院子前的石阶上发呆。

远方的天空很蓝，很远，他的影子却占据了我的内心。他的所作所为让我感到恶心。在我小的时候也经常有人拿他的事开玩笑或是嘲讽我，那时我多希望他像一个普通的庄稼汉，哪怕老实巴交，哪怕穷困潦倒，哪怕长相一般，或是丑陋一点也没有关系，至少一家人守在一起，不求大富大贵，但求平平稳稳地过日子，多好啊。前面不远就是祠堂，我仿佛看到了他在舞台上腾挪跳跃的身影。

在槐树湾村，最早起来的是奶奶，她醒来后就是打扫庭院净水泼地，等待贵宾们的光临。他年轻时长得帅气，村里搞活动他肯定是主角，其他村的姑娘听说有他的戏，也会老早过来占个位置，其实她们只是想一睹他的风采。奶奶说他长得端正，又有一副好嗓子，被公社选送到县剧院学习了五个月。他是演武生的，只要有他参加的活动必定是我们公社的文艺盛事，场场人头爆满，他扮演的武生从头到脚都透着帅气，一亮相尖叫声不断。只要他在家，家就不曾安宁过。那种不安宁是奶奶打心眼儿里高兴得不得了的安宁，一群认识的不认识的姑娘家毫无羞耻地在我家钻来钻去，房间里院子里总是传来年轻女孩子的阵阵说笑声。当我家要割小麦、种花生时，田间地头全是姑娘家家的身影，她们甚至连自己家的活也不愿意干却为了能够见一见他和他说说话而愿意在我家的田里从早忙到黑仍不愿回家。这样壮观的场面我是没有见识过的，但从奶奶的讲述中我仍能感受到她发自内心深处的自豪，就连她眉眼间的皱褶处也洋溢着让人嫉妒的幸福。我可以想象他年轻时的风光。可是他的风光与我没有半毛钱关系，反而给我带来无休止的痛苦。

他的身影好像还在那里。良辰美景，才子佳人。我揉了揉眼睛，戏台全无，观众已遁，空剩祠堂灰头灰脸地杵在那里。天上人间。这都是二十年前的事了，我忍不住感慨光阴流逝，世事变更，作为他的至亲，我本应以此为荣，恰恰相反，我深以为耻，村里人谈起他来我也是低头不语，甚至恶言相对。在我大了一些以后，村子里的人说起他总会避讳我或是含糊其词，像是聊到自己一桩掩埋已久的心事。好在我不是一个很笨的人，我很小的时候就能把他们今儿的三言明儿的两语串成一起，形成一条证据链来佐证他的恶行。

隐士居寺内有一天然石洞，洞呈东北走向，向下倾斜延伸，相传与三里外的另一座寺院瀑雨池相连。1951年，隐士居寺惨遭劫难，寺庙被毁，洞被炸塌，但周边群众从未间断宗教活动，香火不断。后来政府准备重建寺庙，他和裴士元通过大队的关系，有幸成为重建寺庙工程队的一员。为什么说有幸呢？出一天工政府给五块钱，据说这个活能干一两年，那这样算下来收入不得了。这活计也简单，一个人负责在洞里用电钻把堵死的石头一点点地钻开，一个人负责将一块块的石头拉出洞外。洞已挖了一里多了，照这样下去用不了一年时间就可以把这个洞打通，到时与另一座寺院的暴雨池一连通，肯定会吸引更多的游人过来旅游参观。那天应该是他到洞里钻石头的，他命不该绝，进洞时他突然想屙屎，他一头扎到旁边的树林子里屙屎去了，裴士元进了洞里。也就是一泡屎的工夫，不知道什么原因，洞突然塌方了。他躲过了这一劫，裴士元被埋在了洞里。后来他常去帮裴士元家干活，时间长了就传出了他与裴士元老婆白露的闲话。他与裴士元、白露是中学同学，关系很好。白露长得不好看，搞不明白为什么他们俩都喜欢白露。白露嫁给裴士元后，他很快也结了婚。但是他并没有忘记白露，又生活在一个村子，总会隔三岔五地见面。有人说，没有和白露成双成对，他一直耿耿于怀，裴士元就是被他设计害死的。也有人说，他去白露家白天干活晚上干人。母亲听了这些闲言碎语，多次与他吵闹，还跑到白露家里闹。白露无论从哪方面来讲都无法与母亲相比，这也是母亲恼火的原因，母亲常骂你要找找个好一点的，你找这样的货色不是明摆着在羞辱我吗？后来，他和白露及白露两个儿子一起从村子里消失了，就像太阳下那滴露水霎时蒸发了，没留下一丝痕迹。

　　村子有他们的种种说法，真相到底是什么样的呢？对我来说已经不重要了。我只知道他抛弃我们走了，跟别的女人走了。想起来心里还是挺难受的。不管怎么说，我是一个受害者。我招谁惹谁了，从一生下来就没有过几天好日子。我站起来，拍了拍屁股上的灰。这时的太阳像个醉汉，一脸苍白，摇摇晃晃地挂在头顶，把耀眼的光芒呕吐在人们身上。母亲已经张罗好了。自行车也借好了，两人一辆自行车，有的是一人骑一辆自行车，这倒不像是去兴师问罪，讨伐敌人，我觉得更像是一支娶亲的队伍，把他风风光光地"娶"回家来。

奶奶迈着细如竹竿的腿，颤巍巍的，我真担心那腿承受不了身体的重量而折为两截。我的担心是多余的，奶奶那包裹粽子般大小的脚竟然比往日轻快得多，很快就移到了我身边。奶奶给我留下的印象，好像一辈子就是搬一把椅子坐在门前，日日如此，年年如此，显然，她比母亲还要焦急，她也在等待他归来的身影。奶奶这两年眼睛花了，耳朵也有些背了，但是她的记性还是如年轻时那般好，二十多年前的事她记得清清楚楚。她拉我到屋角，又四下看了看，才扯着嗓子对我说，生怕我听不见，三，怎么说他也是你爹，没有他哪有你呀，你可不能犯浑，真是见到了不可以急，更不可以动手，把人带回来就行了。她往母亲那边望了一眼，说，你妈心里有气，你要看好她，她谁的话也听不进去，你要心里有数。怎么说他也是你爹。奶奶再三强调。我知道奶奶最担心的是我，她知道我火爆的脾气，她也知道这么多年我受的委屈，她更知道我收拾人的手段。我没有说话，点了点头，向门外走去，我听见奶奶在叫大哥和二哥。

据说他一声不吭地离开了家，在当时是轰动一时的大事件，成为槐树湾人茶余饭后的谈资。奶奶没脸出门了，人倒在床上好几天不下地。她最引以为豪的儿子现在却成了让她抬不起头的人。最伤心的莫过于母亲了，她一反常态，没有闹了，没有骂了，整个人怔在那里，看起来有些恍惚，是前门通应天地的清明婶两记响亮的耳光才把母亲扇醒过来。从那以后，母亲整个人都变了，常常一个人出神，或是流泪饮泣。清明婶说她的魂魄被勾走了，只剩下一个会说话的躯壳。她说她看过也治好多被鬼魂勾走的人，像我母亲这样的还真是没见过。清明婶的话无异于判了母亲的"死刑"。母亲说话语无伦次，做事开始有些颠三倒四了，没过多久，她又挺了过来，动不动就发火，头发也白了不少，掉了不少，人老了很多。

小时候，有一次我在家里做作业，突然下起了暴雨，我只顾做作业竟忘了把晒在院子的衣服收起来，母亲回来后对我是一顿暴打。当时我哭着要去找他，那么大的雨也没能阻挡我的步伐，我毫不犹豫地沿着汉江河流水的方向一路寻去，我冲着汉江河大声地叫喊他的名字，却被雨声一口吞没。我知道他是不会要我们了。我恨他。那天我走了很远的路，全身湿透，后来我又一个人返回家中。我没有地方可以去。母亲对我再差也一日三餐管饱我，除了衣服是穿大哥、二哥的外（其实这个我也没什么可埋怨的，我们这边一直有"新老大、旧老二、补补连连是老三"的说法），其他的和大哥、二哥没有两样，母亲样样没有少我的，只有母亲遇到事情时才会在我身上出气，这么多年过去了，我也适应了，我特别能理解母亲那份无助、那份愤怒。往事历历在目。院子里人声涌动，自行车的铃铛声也响了起来，热闹喜气，仿佛喜期来临，宾朋聚集。出发的嘈杂声让我醒过神来。

母亲两只袖子已经挽了起来，大干一场的气势迸发出来，整个院子里也激昂了，七嘴八舌地说着话，谁也不甘示弱，也许只有语言才是最体现个人价值的方式。那辆二八加重的野马牌自行车也被推出来了。它在这个家里生存近二十年，母亲经常骑着它去打听他的消息或是在寻找他的路上。它的地位在这个家是不能替代的。这辆野马自行车是他托人从枣阳野马自行车厂买回来的。这辆车与其他牌子的车比较起来，价格要便宜一百来块，也正是因为这样我从来不会爱惜，甚至以骑它出门为羞。我多次提出换一辆自行车都没有得到母亲的同意，只是大哥、二哥在城里工作后才各自拥有了一辆属于自己的永久牌自行车。现在这辆车成了母亲和我的专用"座驾"，我骑的时候总抬不起头，尽管我也在它身上下足了"功夫"。譬如我在有"野马"标志的地方用"永久"牌的标志遮盖起来，现在想想那应该是最早的"套牌车"了。这辆自行车只要动用了，哪怕只有几步路程，母亲仍会端上一盆水仔细地清洗它，比给自己洗澡还要用心，好像珍贵的它出了一趟很远的门。母亲会用清水洗三遍，把、铃铛、三脚架、站架、车轮、车胎，就连挡泥板也要清洗三遍，然后又用干净的布擦拭得干干爽爽，生怕留下一丝灰尘。直到母亲满意为止。母亲的爱惜，使得这一匹老损的野马一直保持着出厂时的那份干净、那份整洁。有时我有些不能理解母亲，换作我不砸掉这辆车就不错了，但是我肯定会把它卖掉，让它从眼睛里消失得越远越好。

队伍出发了。母亲一马当先，她已从刚才的倾诉中走了出来，英姿勃发地骑着她那辆心爱的野马牌自行车在最前面，那几绺头发在风中飘扬，发亮的头皮在摇摆的头发间清晰可见，白花花的，有些刺目，她佝偻着的身子已没有前几年那么挺拔，像门前那棵歪脖子枣树，似倒不倒地却又顽强地挺立着。看着母亲，我心里难受极了。我默默地跟在后面，队伍一长溜，甚是壮观，我又想起了娶亲，不知这一次这么庞大的"接亲"队伍能不能把他"娶"回家。这个"娶"回的人我们又将怎样面对？

出了村子，我发现人少了一半，我不敢告诉母亲，我怕她会伤心。出了我们小镇的街，自行车就只剩下六辆了。母亲无意中回了一下头，她肯定看清了，她也知道是什么情况。她一副无所谓的样子，我心里更加难受了。也许是疲了，也许对我们家的是是非非不便插手，能躲就躲吧，就像平常在路上遇上母亲她们也是能躲就躲。凡是躲不掉的会被母亲拉住说上好几个小时关于他的事情，那话题永远千篇一律，归纳起来就是说他的不是，她怎么不容易，为这个家付出了多少，他又是如何如何对不起她。这样的话头人家听了两次还会报以同情，时间久了听腻味了，有些怕了，后来老远看见母亲就开始设法躲了。

到达南营镇街心，队伍停了下来。这时的街上也没多少人了。空落落的。倒是特别切合我这时的心情。商铺的老板无精打采地张望着，像街边的狗围着空空的肉铺铁架子嗅个不停，希望有奇迹出现。这会是他躲的地方？我有些不敢相信，这小镇与家离得太近，难道真的是最危险的地方就是最安全的地方，父亲躲在这里到现在才被发现？我母亲也不相信，但她没有表现出来，人家程小满说什么也是在为她帮忙，她怎么能怀疑人家呢？程小满嘴上说是亲眼看到的，口气十分肯定，目光却飘忽不定，接着话就不那么肯定了，她带着虚设的侥幸心理说，眉眼之间差不多，相貌轮廓差不多，走路姿势差不多，但是我也不敢保证，毕竟这十几年的变化太大。就是这么一句模棱两可的话，母亲却当真了。母亲可能只记住了程小满肯定的语气。不过她私下里找清明婶算过，清明婶的话说得玄乎，大体方位是没有错的，根据抽到的卦象来看，为否卦，否者，塞也。看着母亲一脸的茫然，又解释说，意为走失难寻，加上人为活物，行踪不定，能不能找到也得看天意。我母亲顿感失望，但又不甘心这样放弃，她希望有奇迹出来，她说看天意，说不定天意能让我找到呢？如果不是清明婶双目失明，母亲肯定会把她请出"山"的。母亲把车支好，她突然变得紧张起来，好像这次是十拿九稳的，毕竟有十几年没有见过他了，心里五味杂陈。她扯了扯衣角，又用手理了理那几绺头发，问我，头发乱不？

我说，还可以。

她问，还可以是什么意思？

我说，还可以就是可以。

她又问，要是真的找到他了，你打算咋办？

其实我应该问她咋办才对。我想起了奶奶对我说的一堆话，犹疑了一下，我说我不知道。

她说，你怎么能不知道呢，不管三七二十一，你得为妈出这口气，这种陈世美你不用对他客气。

她这么一说又点起了我心中的火焰，我挺了一下胸，整个人高大了很多，点点头说，你放心，我知道怎么做。

她向前走了两步，回过头来说，下手也不要太狠，等会你看我的眼色行事。

我说好。

她看着我，双眉紧蹙不说话了，好像对我有点不放心，她的心思我看得出来，她是怕我控制不住自己。

我们开始逐个商铺打听他的消息，像一个个出门在外多年的孩子寻找着面目全非的家。当我们描述他的样子时，商铺老板纷纷摇头表示不曾见过，这样的情况我们经历了太多，对于我和母亲来说还是有些失望。问多了我也泄了气。程小满拉住我母亲说，春分姐，你们这样问肯定问不到，我大哥现在也是近五十岁的人了，你说的还是他三十岁的模样，他们哪里见过呀，他们见到的是他现在的样子呀。我们想想也是，他现在是什么样的我们哪里知道呢？我母亲六神无主了。程小满看着我母亲为难的表情，以观世音救苦救难的姿态说，船到桥头自然直，车到山前必有路，还是让我试试吧。听了她的话我母亲好像看到了希望或是抓住了一根救命稻草，眼睛一下子就亮了。程小满信心十足的样子，脚步又像没有主意，犹疑的，轻飘的，随时有停止不前的可能。母亲的眼睛像一双手，正在用力地推着她向前走去。她向一个炸油条的中年妇女打听，大姐，我问一下，有一个经常提个袋子在街上走的那个人，你见到没？

油条姐想了想，一副恍然大悟的样了，哦，你们要找他呀。她有些怀疑我们这么多人找他的动机，警觉地问，找他干什么？

程小满不动声色地说，不做什么，就是想见一见他，他很像我们一个熟悉的人。

油条姐又"哦"了一声，她打量了程小满一眼，看了看我们，确定我们不是坏人，最后目光落在了我母亲身上，她兀自笑了，对程小满说，刚才就是她问的我。我母亲点头应着。油条姐埋怨说，刚才你问的就是他呀，你们问的明明是一个青年人嘛，问了半天没问到点子上。你要说找他我不是早就告诉你们了嘛。

程小满忙不迭地道歉，大姐，不好意思，不好意思，他们几个没有弄清情况，给您添麻烦了。

油条姐说，麻烦倒谈不上。她仰着脖子又问，你们找他啥事？

这时，程小满不失时机地递上了一包烟，说，没啥事，只是觉得他的面相像一个熟人。

油条姐边说我不抽烟边接住那包烟。程小满说，你不抽带回去给我大哥抽。油条姐没有客气了，突然诡异地一笑，好像藏了好几层意思，她说，哦，我看你们也不像坏人，刚才还见着呢，人去哪儿了？油条姐四处搜寻，她手往南一指，说，喏，你们往前走，肯定能看到他。

程小满央求说，大姐，你能不能带我们去找他？你眼尖，又知道他长得啥样，就带我们找找呗。

油条姐好像有些为难，看了看程小满，再看了看我们，又看了手里的那包烟，叹了一口气说，好吧，反正这个时间也没有人来光顾了，那我就带你们去找找看。说完，她把最后一根翻滚的油条从锅里捞起来，放在笊篱上沥油，又把柴火从灶里退出来，用水浇灭。

我母亲说，大姐，你放心，等找到他后我把你的油条全部买光。

油条姐两眼凝视着我母亲，吁了一口气，问道，你们找他肯定有什么事吧?!

程小满正色说,没事没事,能有什么事?不是说了嘛,就是觉得他像我们以前认识的一个人,看一看是不是。

油条姐想说什么,嘴巴张了张,又闭上了。

我们推着自行车跟在油条姐的后面,母亲跟在程小满的后面,这时她特别没有主意,平时她说起来一套一套的,次次到了关键时刻就失去了主见,亦步亦趋地跟在程小满的后面。是的,母亲已有近二十年没有见到他了,对他的印象还停留在二十年前,这时真的见了面,会是怎样一个情景?对这样的结局我也充满好奇。

油条姐边走边跟街上的人打招呼。我们紧紧地跟在后面。油条姐的眼睛四周打量着,像是在找什么熟人。我们也跟着四处打量。油条姐打量的是具体的,我们打量的却是虚无的,不确定的。

南营街是一条直通街,一公里开外,能一眼看到头。今天是正集,这时已散集了,街上的人不多,看清一个人像瞄准一只笼中的鸟,再扑腾也飞不出那方寸视线。油条姐信心满满地说,我在这条街做生意二十多年了,刚才你们也看到了,这街上的人哪一个我不认识,就是谁家的狗下了几只崽我都一清二楚。油条姐说她对这里多么了解,去过哪些地方,见过什么世面。正说着,油条姐突然站住了,她转过身来跟我们说,喏。然后她回过身去,指着前面说,那不是吗?你们看见没有,前面垃圾桶旁的是不是你们要找的人?

我们都看见了约二十米外的那个垃圾桶和那个人。那是他吗?我怎么也不能把他与那个深受人们喜爱的武生联系到一起。我看着蒙头蒙脑的母亲,傻傻的样子,一脸的无辜。她怔住了,此刻的她不敢确定那人是不是他。她望着程小满，程小满也摇了摇头。我们就这样远远地看着那人的背影。

他在找什么呢？他弯下身，把头伸进了垃圾桶里，把半个身子扎进去。他在找什么呢？他右手在里面翻，有蚊蝇从垃圾桶里飞出来，有的停在垃圾桶上，有的停在他的身上。他颤巍巍地从垃圾桶里抬起头，别过脸，躲避垃圾桶的味道。我看见了他的半张脸，挤满了纵向的皱褶，这是一张苍老的脸，毫无生气可言。他手里拿着一个易拉罐、两个塑料瓶，还有几本破书、烂杂志，手上还沾有一些很脏的东西，看上去，油腻腻的，脏兮兮的，给人一种恶心的感觉。他露出了一丝笑意。他对这个收获很满意。他把易拉罐上面的灰抹去，又放在地上，用脚一踩，"叭"的一声，有水从里面喷射而出，他捡起来，用力甩干里面的水，把易拉罐扔进了那个蓝色的蛇皮袋里，发出与其他易拉罐、塑料瓶碰撞的声响。他又把那几本破书、烂杂志放在地上，以一种全神贯注的认真态度，把它们弄整齐，就连折叠的纸页也被他一一抚平，又整整齐齐地放进了袋子里。那袋子里装的都是一些什么东西呢？可以想象得出，里面除了一些旧书本和一些厚纸皮外，更多的应该是易拉罐塑料瓶，鼓鼓囊囊的。

这会是他吗？

他蓬乱的头发好像有一个世纪没有清洗过，那衣服是用破旧的床单制作而成，上面还有不知为何物的血迹及污渍，脚上趿着一双皮鞋，黑色的，又好像褐色的，一只大一只小，他嘴唇不停地抖动着，似喃喃自语。他好像发觉我们都在看他，他却无视我们的存在，目光呆滞，无神，又好像不屑于理会我们。他对这个世界都不感兴趣，他眼里只有那些可以变卖成钱的废品。他确定垃圾桶里已没有他想要的东西了，才有些不舍地离开。他吃力地把袋子往肩上一放，袋子发出一阵莫名的声响，他身子趔趄了一下，险些摔倒。他背着袋子向下一个垃圾桶走去，那个背影显得那么孤单与落寞，街上的人与他离得很远，仍侧目而视，很嫌弃地往边上避让。他的脚步有些迟缓，身影蹒跚，一阵风就可把他吹倒。

怎么可能是他呢？分明就是一个叫花子嘛。我是无法把这个老叫花子与风流倜傥的武生联系在一起的。

你们不知道吧，这人刚来这里时，人长得那叫一个帅，还带着一个女的和两个孩子。油条姐说，我们都认为是一家子，后来我听人家说。她特地声明道，不一定准确，后来我听人家说呀，他跟那女的丈夫是好朋友，后来那男的出了事故，后来他为了朋友就照顾那女的一家人，后来为这事引起了家里的误会，后来只好带着那女的躲到我们这里来了。她一口一个"后来"，好在我们都没有在意她的"后来"。

油条姐见我们没有反应，问道，他不是你们要找的人吧？我们仍然没有反应，只有程小满不确定地对他说，有点儿像又有点儿不像。油条姐又说，他们来这里后租了两间房，靠打临工过日子，他们从来不与周边的人来往，刚开始我们以为他们是两口子，后来才知道不是，说了你们都不信，别看他们生活在一起，这男人我是真佩服，是个好男人，真爷们儿！说着她竖起了大拇指，她接着说，他与那女的一点关系都没有，人家是分床睡的。这时，我看见母亲的眼睛湿润了，她双手捂住了嘴巴，身体哆嗦，泪眼模糊地看着老叫花子。

　　唉，油条姐叹了一口气说，后来有一次他帮人家卸货，不小心从车上摔了下来，一直舍不得花钱治，后来落下了症状，整个人都不利索了。油条姐继续说，怎么说叫白眼狼呢，那男人出这事后，那两个孩子也长大了，见他也不能为这个家做什么了，就撵他走，后来硬是把他给逼走了。现在他一个人在田边搭了个小窝棚住，说是窝棚，跟狗窝差不了多少，那女的吧，还算有点良心，有时会送点吃的给他。但是那两个孩子太不是个东西了，怕那女的与这男的来往，后来就搬走了，也不知道搬到什么地方了。只是可怜了这个男人，现在一个人过，人也变得痴痴呆呆的了。说到这里，油条姐很心痛地叹了一口气。

　　我看见她的眼泪已经哗哗地流了出来。程小满激动地说，春分姐，你看到底是不是我哥呀？我母亲没有回答，只是喉咙里发出咕噜声，紧接着，我母亲的哭声如悲怆的旋律突然传了出来，如同二胡拉的声响，那悲凄的味道在街道间流转。接着，母亲猛地一声尖叫，尖厉的哭声闪电似的划破了街道上空，把人们的心揪到了一块儿。一只狗夹着尾巴躲进了一间商铺，然后把半个头露出来打量我们这群怪异的人，嘴里发出恐惧的呜呜声。油条姐被吓了一大跳，拍了拍胸口，咂了一下嘴，说，哎呀，妈呀，好家伙，你这一嗓子把我吓了一大跳。她别着脖子看我母亲，又说，我就知道你们不是一般的人，你们找他做啥子？这时已经没有人理会她了。我们把注意力集中在母亲身上，我不晓得如何是好，其他人也没有主张，盯着我母亲，又盯一下程小满。程小满眯着眼睛，很紧张地问我母亲，咋的了，咋的了吗？是不是他，是不是他呀？春分姐你倒是说话呀。其实从油条姐的话中我们已经能够确定是他了。

老叫花子好像没有听到母亲的叫声，丝毫没有反应，耷拉着脑袋，走路时脚抬不高，鞋底摩擦着地皮，发出"吧唧吧唧"的声音。他背着那个大大的袋子慢慢地向前走。母亲发疯般扑了过去，把我们抛在她撕心裂肺的悲号中。我看见母亲把她手上的温度劈头盖脸地传递到老叫花子的脸上、身上，越来越无力，最后她瘫倒在地上，抱着老叫花子的双腿肆无忌惮地号啕大哭。这时，程小满拽住了我的胳膊。

街上不知从哪里一下子冒来了一大群人，好像整条街的人都聚集在这里，有的窃窃私语，有的目瞪口呆，有的若有所思，一个个都露出了古怪的表情，仿佛我们的出现惊扰了这条大街，大家睁大眼睛齐刷刷盯着我母亲看。因为母亲的哭声，街上反而显得一片死寂。母亲的悲号声敲开了一道道门一扇扇窗，像吹响的集结号召集着越来越多的人。很多人从午睡中惊醒，看大戏似的围拢过来，小声打听着，要把错过了的精彩片段全部补上。

我，发现母亲脸上已是老泪纵横，沿着皱纹往下流，似春雨灌溉阡陌畦径，母亲干涸的脸立刻有了墒情。不知所措的老叫花子，用食指关节擦拭着眼角处的一坨眼垢，把干枯的眼屎揉进了眼眶，他挤了挤眼睛，又开始打量母亲，身子哆嗦着往后趔，惊恐地张大嘴巴，愣愣地看着母亲，嘴巴小声嗫嚅着，也不知说些什么，手把袋子抓得更紧了，看来他生怕我母亲——这一不速之客会把他的袋子抢走。

现在我们更加确定是他无疑了。我内心有说不出的味道，不知是应该高兴还是应该伤心。我觉得我应该高兴才是，我却高兴不起来。这么多年了，终于找到了。我挣脱程小满的手，走了过去，怒视着他。他远没有传说中的那么帅气，也没有其他什么特别的东西，甚至远比他的同龄人要苍老一些。看到他这个样子，我心里有些复杂，可能仇恨的成分会多一些吧。我牙齿咬得紧紧的，奶奶的话羽毛般在耳边拨弄着，我心里的怒火已经压抑不住了，不自觉中握紧了拳头，发出嘎嘎的响声。我没有动，目不转睛地望着母亲，我在等待母亲发号施令。程小满跑过来再次紧紧地拽住了我的左胳膊，我的右胳膊也被拉住了，后面的衣服也被人紧紧地拽住，我像一头即将失控的牛被人牢牢地控制住了。是大哥、二哥，他们俩表情复杂地看着我。

今日的母亲无疑是一反常态的，她嘴里整日念叨的仇恨不知被谁偷走，还在嘴边没来得及形成一段完整的句子就被阳光晒蒸发了，空剩下满目的祥和，她一直在端详着他，一刻也不舍得离开，像一个专家正在鉴定一件年代久远的价值连城的器物。他傻傻地、面无表情地任由她把他脸上的脏东西轻轻拭去。我的拳头不知不觉中已经松开了，手心里的汗来不及溜走已经风干，好似从来不曾有过，掌心里已没有了它们的痕迹。

母亲把声音压得很低，轻轻地对我说，三，扶你爸起来，咱们回家。语气简短、平和、坚决，我好久没有听过母亲这样说话了。

那夜雪真大

我喜欢在门前的粪堆边屙粑粑，已成了习惯，有时我屙不出来，可是每天早晨你准能看见我会蹲在粪堆旁。有人睡觉择床，换一张床就睡不踏实。我也是这样的，蹲在茅坑里我是屙不出来的，我就认准了这块地方。我母亲拿着一卷草纸在一旁看着，我说"屙好了"，她就过来给我擦屁股。我母亲是天底下最好的母亲，我只看见我母亲给我擦屁股了，而前门云娃子的妈妈从不给他擦屁股，他自己又擦不干净，我总能闻到他身上散发出一股屎臭味。

今天我得自己擦屁股，我还得自己把屙的粑粑铲到粪堆里，大过年的让人看见这么新鲜的粑粑，他们一定会猜到是我屙的，这是一件多么难为情的事情，会被人笑掉大槽牙。我不怕被人笑话，因为我生来就是被人笑话的。但我还是知道羞的，所以我每天屙粑粑会选择在早上，村里的人都还没有起来呢。我母亲给志清家帮忙去了。我父亲也给志清家帮忙去了。按理说，我也应该去的，可是我父亲不让我去，说人家办喜事，会来很多客人，看见我吃不下饭。我很听话。我父亲不要我去我就不去。我如果不听话他肯定会死命地打我，我母亲也拉不住他。前几天我在粪堆前屙粑粑，他就狠狠地揍了我一顿，边揍边骂："大过年的你还到大门前屙屎，你要不要点脸，你怎么不去死！"过年是不能说"死"的，可我父亲说我时根本不管什么时间地点。我母亲拼了命地才把他拉开了，现在想起来他的眼神我还有些怵得慌。志清正月初八结婚。我母亲说，过年结婚最省东西了，这段时间个个都吃得满满当当的，肚子的油水足了，吃不了多少酒席，可以省下不少钱。

村子里很安静，偶尔会响几声炮仗，只有到了中午，那些亲戚多的人家才会很热闹，到时我要去看看的。志清家我是不能去的，我父亲已交代过我，我去了他肯定又会揍我。

我把草纸叠好，有几次我没有把草纸叠好，结果手指头把草纸弄破了，弄了我一手粑粑。我的手冻得有些僵。每到过年总会冷上一阵，好像过年不冷上几天就不叫过年，我穿着笨重的棉衣，包裹得像一个粽子。我的手总是伸不到合适的地方，反而把屁股上弄上了粑粑，我有些害怕，我的父亲像是别人的父亲，他总是对我很凶。我想到了我家大黄，嘬着嘴，使劲儿啧啧几声。我以为大黄就睡在门后，但是我失望了，它没有出现。我大声唤了几声大黄。它还是没有出现。它应该去志清家了，那里有人们啃掉的骨头。我又骂了大黄几声。那骂声传出去好远，我相信我家大黄能听见，但是它仍然没有回来。我家大黄很听我的话，每天早晨它都会伸长红彤彤的舌头，轻轻地舔我的腚沟子，麻麻的，酥酥的，好舒服呀。大黄舔得特别认真，特别细致，它丝毫不嫌弃我臭，它会把我的粑粑舔得干净为止，根本不用我擦屁股。这世界除了我的母亲，也只有大黄对我最好了。不过，有骨头吃它就不会再围着我转了，也不会舔我的腔沟子了。

我搂了搂棉裤，吸住肚子才把裤子扣上。我用铁锹把粑粑铲到粪堆里，又铲了一些碎叶子盖上。我的臭粑粑藏进了粪堆里，看不出来了，像什么事也没有发生。我很满意。我拎着铁锹进了屋。厨房里还有热气，比外面暖和多了。灶里面的火刚熄没多久，锅还冒着热气儿。我揭开锅盖，里面有一个大碗，上面有两个馒头和一个红薯，肯定是母亲帮我准备的。可是我却没有胃口，这几天家里也不缺油水，我已不想再吃这样的早餐了。我出了门，我不知道我要去哪里。我总是漫无目地四处瞎晃，我并没有做对不起谁的事情，可我不知道人们为什么总是那么厌恶我，他们一看到我脸上就会露出鄙视的神情，他们特别期盼我出丑，而后大笑，没有不揶揄一番的。每当我在外面受到欺侮，我母亲总是默默地抱着我哭，我父亲就开始骂我，他骂我跟外面欺侮我的人一样，从不会留一丝情面。

志清家很热闹，门前的空地已搭起了舞台。我知道他家肯定请了尚家营的喇叭班子。尚家营的喇叭班子在镇里是最有名的，我们槐树湾也有一家喇叭班子，竞争不过，散了。尚家营的喇叭班子喇叭吹得响，还有西洋乐器，跟电视里放的一样，摆一长溜儿。有个人拿两根木棍子敲来打去的，热闹得很；还有一个穿着暴露的中年妇女在那里跳舞，寒冬腊月的只穿三点式，她身上都冻紫了，我看见她一下舞台就穿上了大衣，在火盆边烤火。她舞跳得没有章法，就是胡乱地扭扭屁股扭扭腰，尽管我认为她跳得一点儿也不好看，但我就是喜欢看，我们槐树湾的那些男人也喜欢看，他们还会口哨，胆子大的还会凑上前在那妇女身上摸一把，她也不恼，反而向他们抛一个媚眼，下面又是一阵哄笑。我只能远远地看，小声地，哧哧地笑。现在还早，喇叭班子还没有来，但是那熟悉的画面已经在我的眼前出现了。我怎么来到志清家门前了？我父亲不让我去的。我吮着手指，后退着。这时我看见了大黄，它正在人腿中穿来插去，我正准备叫它呢，听见它痛苦地"汪汪"两声，夹着尾巴跑了出来。我看见它一瘸一拐的，知道肯定是它偷嘴被人给打了。我小声唤它，它看了看我，没有理我，往南跑去。我知道如果继续待在这里，有可能会得到大黄一样的下场，即使我母亲也在这里，但是只要有人嘲笑我，我父亲就觉得他特没有面子，为了挽回他的面子他就得把气撒在我身上。我有些不舍。我不知道大黄要去哪里，我也不知道我要去哪里。我莫名其妙地跟着大黄往南走去。

南边只有一户人家。章二奶奶家。我曾经以为她是一个孤寡老人，后来我发现我的以为是错的，她有子有女还有孙，一大群呢，只是平常很少看见罢了。大黄果然去了章二奶奶家。它在章二奶奶家前面的粪堆上嗅来嗅去，不时用舌头舔一下，好像有什么好吃的东西。章二奶奶的房子是我们槐树湾最别致的房子，比那些临时搭建在田边守庄稼的窝棚还要简陋，每遇到大风大雨的天气，我都会替她担心，但是待风停了雨住了，我惊奇地发现，章二奶奶的家仍然屹立不倒，这也太匪夷所思了。我们槐树湾不可思议的事情太多了，比如说哑巴华是会说话的，只是说不了长句子；比如说杨瞎子明明是可以看见东西的，只是他会装着看不见。这些我都见怪不怪了。因为我对这个世界也见怪不怪了。

章二奶奶坐在小马扎上，正在一个大铁盆里薅着什么毛。我走近几步，大铁盆里放了一只鸭子。那是一只很肥的鸭子。是章二奶奶的小孙子小林子养的一只宠物，时间长了，也腻了，就把这只鸭子丢在了章二奶奶家。章二奶奶就养起了这只鸭子，不承想，这只鸭子竟然长得这么壮实，不可思议的是，它是一只母鸭，没有公鸭给它踏水，它仍然一天生一个鸭蛋。章二奶奶待这只鸭子比待她自己都要好，她怎么可能舍得杀它呢？况且它还生着蛋呢。看见我来了，章二奶奶热情地跟我打招呼，她说，孙娃子，你过来给奶奶拜年？她没有叫我傻木木。她从来不叫我傻木木。不论是过年还是平日里，她都叫我孙娃子。我点点头，又摇摇头。章二奶奶毫不在意我的举动，她丢下手中的鸭子，站起来，把两只湿漉漉的手在身前的围裙上擦了擦，进了她的家。等她再出来时，我看见她手里有两颗糖，是大白兔奶糖。我眼睛放光，不由自主地舔了舔嘴唇。章二奶奶示意我过去，我犹疑着，脚刚抬起来，又落下。章二奶奶说，孙娃子，别怕，我不会告诉你爸爸的。来，你来。我犹疑着，小心谨慎地向她走去。我走到章二奶奶身边，艰难地把手伸出去，一把往她手里的糖抓去，两颗糖都被我抓住了，我的手伸不上力，有一颗竟然从我手里掉在了地上。章二奶奶弯下腰，捡起来，往我面前一递，喏，给你。我赶紧接住。我把糖果放进了口袋，拿了一颗出来，剥开糖纸，我把糖纸舔了舔，我说，真甜。章二奶奶说，吃糖。我舍不得把糖纸扔掉，把糖纸塞进了嘴里，直到嚼得没有味儿了才吐了出来。我又把糖果塞进了嘴里，一塞进嘴巴，我就开始后悔了，这么好吃的糖我真舍不得吃，我连舌头都不敢动一下，更别说用牙齿嚼了。章二奶奶轻轻抚摩着我的头，她的动作极其轻缓，像极了我的母亲。章二奶奶摸到了我一块掉头发的地方，咒骂道，哪个天杀的，怎么舍得下得去手，打这娃跟打一个畜生有啥区别？！这一块伤疤我也不知道是谁打的，也许是哑巴华，也许是刘建锋，也许是我的父亲……章二奶奶从怀里掏出一方手绢，叠得四四方方的，很素净的一方手绢，她伸出来，轻轻擦去我嘴角的涎水，然后，又包住了我的鼻子，说，使劲擤。我担心我的鼻涕会弄脏了章二奶奶的手绢，我假装很使劲儿擤，鼻子什么也没有。章二奶奶故作生气状，轻轻揾了一下我的头，我知道章二奶奶看出了我的心思。

　　章二奶奶递给我一个小马扎。我坐在她对面。她又开薅鸭毛了。鸭毛经开水一烫，轻轻一扯就掉了。我生怕糖会掉下来，龇着牙小声说，奶奶，杀鸭。章二奶奶蜡黄的脸庞瞬间红润起来，浑浊的眼球放射出一种光芒，笑说，今天中午要来客，二葵一家要过来。我咧开嘴巴呵呵两声。我不敢动，我怕嘴里的糖会化掉，我想，糖含在嘴里，只要不动，它就不会化掉。她接着说，本来初二就要来的，她家的车胎爆了，一大家子人，都不愿意走路。这不，等人家修车铺的开工了，把胎补好了，才说要过来。我又呵呵两声，把嘴里融化的糖水吞进去，又用袖子把嘴角的涎水抹掉。她指着鸭子说，今儿，我两个儿子也要来，还有几个孙子都要来，你说说看，他们都过来，我不杀它，行吗？都是贵宾，要有好东西招待。她凝视着我，眼神慈祥又安定。我又冲她一笑。章二奶奶低着头，眼睛盯着鸭子看，一边扯鸭毛一边说，我也舍不得呀，正生蛋呢，夏天一天一个，就是现在也是两天一个，有时我多喂些苞谷、小麦它还能一天生一个。可是没有办法呀，过年我就买了一点猪肉，孙娃子们、外孙子们都要来，光吃猪肉可不行，得有好菜招待他们哟。我又呵呵一笑，又吞了一下口水，喉咙突然一滑，那颗糖被我吞咽口水时给带了进去。我指指嘴巴，说，糖糖没有了。章二奶奶看着我着急的样子，笑了，她说，没事，等会儿我再给你拿。章二奶奶一直在说她孙子外孙的事，我只知道她在说他们，但是说他们什么我没有听清楚，他们与我又有什么关系呢？我的心思都在那只鸭子身上。

鸭毛煺净了，用水冲洗了几遍，白白肥肥的，像一个赤身裸体的胖娃娃。章二奶奶把它剖开，抓了一小把盐均匀地抹在鸭肉上，然后放在一个大钵里，她又开始洗葱、刮姜皮、剥蒜皮，这些都弄好了，她把腌过的鸭肉拿出来剁。

我打量着章二奶奶的房子，像打量另外一个世界。章二奶奶的房子像一个"A"字，屋外铺的是茅草，跟我家大黄的窝一样。里面的空间大致比我的床大一半的样子，屋内的顶上只铺着一半油毛毡，油毛毡的下面正好摆了一张床，矮趴趴地挨着地面。如果不是上面铺有被子，根本看不出来这是人睡的地方，床头床尾都堆满了东西，有的是纸箱装的衣服，有的是棉被，还有很多塑料袋、泡沫。我不知道她屋里放这么多东西干吗，好像年龄大的人都爱收藏东西，我奶奶活着的时候也喜欢收集一些乱七八糟的东西。屋里还有一个很大的水缸，缸外边油光光的，我判定里面装的不是水，应该是肉什么的。她的厨案就是一块木板，平放在一个白色的胶桶上面，胶桶里面装的是水。白天章二奶奶把这些全部搬出来，晚上又把这些东西搬进去。门像我家菜园的栅栏，只是扎得更实更密一些，除了猫、耗子之外，其他的动物钻不进去，其实这个门除了拦猪狗和拦风雨外，也没有其他的用处，谁没事会进这里呢？以前小林子还经常过来，他妈妈骂过他几次后，他也很少来了，他妈妈也骂章二奶奶，骂她老不死的。章二奶奶有两个儿子、一个女儿，女儿二葵嫁到别的村去了，儿子爱国、爱军倒是在村子里住，他们把章二奶奶的七分田分了，说是分担着养活她，可是轮到谁家过时谁家脸色都不好看，章二奶奶干脆自己盖了这么一个小屋。待农忙时，她就在人家收获过的地里捡剩下的庄稼，小麦熟了，她捡掉在地上的麦穗，红薯、花生挖过后，她又去刨一遍，这块地里那块地里地奔波，一天下来还能捡到一袋子红薯、一袋子花生、一袋子麦穗，有时也会去捡一些破烂儿卖钱，就这样挨过了一个又一个春夏。小林子的妈妈不喜欢章二奶奶，觉得每个月给她十斤米是很大的负担，寻着事儿地骂她，我经常听到小林子的妈妈阿芝和小林子的婶娘阿珍跟章二奶奶争吵，什么粗口都爆过，爱国、爱军站在一旁劝，劝的方式很单一，就是一个劲儿地说"算喽，不要吵喽"。论起理来，村子里的人都站在她们这一边，章二奶奶倒成了孤家寡人。我母亲说，谁会为了一个埋了大半截黄土的老人去得罪一个年轻的人，再说是人家的家事，掺和进来落不到好，何必呢！我母亲说"何必呢"时我听得出来她的无奈，我知道她是同情章二奶奶的，甚至是站在章二奶奶这一边的，只是她也是个随大流的人，不愿意去得罪人。章二奶奶搬到这个小屋后，生活安逸了许多，脸色也红润了。

章二奶奶把锅烧热了，倒下一点油，油很快就烧热了，没有了油烟儿，她麻利地把花椒、蒜瓣往锅里一倒，炸出味来，才把剁成块的鸭肉倒进了铁锅里。她右手拿着锅铲不停地炒动，防止鸭肉炸煳粘锅。鸭肉炸得金黄了，她又将红辣椒、葱花丢进去炸，又倒了一点盐和酱油，拌匀后，她提起开水瓶，打开瓶盖，将半瓶开水倒进了锅里，又用锅铲翻动一下，才用锡锅盖盖上。锅盖盖上的一刹那，章二奶奶长吁了一口气，眉头也舒展了，像完成了一桩伟大的工程。

　　章二奶奶的灶是用一个废弃的铁皮桶做成的，提手还在上面，遇上下雨天她会把这个灶提进她的小房子里，我难以想象这个小屋里还有下脚的地方，进去了如何转身？当章二奶奶进去时，那身影一飘，就钻了进去，她掀开了那口大水缸，从里面拿出一个菜包子，递给我，任凭她怎么往我手里塞，我硬是不接。章二奶奶轻轻点了一下我的头，笑着说我，你真是个小机灵鬼，谁说我们木木傻，我们傻木木可不傻哟，机灵着呢。她边说边佝偻着身子进屋，她把包子放进了缸里，从里面拎出一个塑料袋，她有些不舍，里面的糖应该不多，她看了我一眼，从里面掏出了两颗大白兔奶糖。这时，一阵寒风吹来，章二奶奶的棚子好像动了一下，我缩了一下脖子，生怕风会把棚子吹走。草棚子里里外外的茅草在风中抖动，发出窸窸窣窣的响声，像几只耗子在屋顶穿梭，一些灰尘飘落下来，章二奶奶的床上落了一层灰，她眯着眼睛，像是进了灰尘。我紧紧地盯着她的手。章二奶奶笑着走出来，脸上的褶皱也带着笑，就像她家后面那棵核桃树上自动掉下来的核桃。她笑着把手掌在我面前伸开，两颗大白兔奶糖静静地躺在手心里，我立马用含在嘴里的手去抓，手上的涎水弄在了章二奶奶的手上，我抓了两次才把两颗糖抓住。我舍不得吃糖了，我把这两颗糖装进了口袋。我又把口袋里的糖全部拿了出来，我一数，感觉不对，章二奶奶明明给了我四颗大白兔奶糖的，我看了看糖，又看了看章二奶奶。章二奶奶笑了，她说，哎哟，我的傻孙娃子哟，你不是刚吃了一个嘛。我一下明白了，不好意思地笑了。

　　大黄闻到了铁锅里的香味，从粪堆那边嗅了过来。章二奶奶踩了跺脚，大声呵斥，死狗子，滚远点，这鸭肉可是给我孙子、外孙子吃的。大黄吓了一跳，悻悻地后退。我也吓了一跳。好在我坐在小马扎上，不然说不准儿我会被吓得一个趔趄。章二奶奶打开锅盖，香味随那股子热气儿弥散开去，直往鼻孔里钻。章二奶奶用锅铲戳了戳鸭肉，自言自语地说，也不知烂了没。她从里面挑了挑，铲出一块鸭肉，放在嘴边吹了吹，用手指轻轻捏起来，递给我说，孙娃子，你尝尝，烂了没？我伸出战抖的手，捏住了鸭肉，那是一块鸭脖子，我嚼了嚼，咧着嘴，呵呵一笑，说烂了。我啃了半天，觉得鸭脖子没有肉，也没啥嚼头，随手就丢在了地上，守在一边的大黄不失时机地冲过来，一口叼住往粪堆那边跑去，而后趴在地上吃，边吃边呜呜叫着，好像有另一只狗在跟它抢。

章二奶奶，电话。声音是从兵娃子家传来的，他家是我们槐树湾村最先安装电话的，是程控电话，可以显示对方的号码。

来啦，来啦。章二奶奶忙不迭地应道。

章二奶奶笑逐颜开，肯定是她家二葵打来的。她笑着对我说，孙娃子，你坐在这里别动，帮我看着锅，有狗过来给我撵走。

好好。

章二奶奶踮着小脚急忙往兵娃子家走去，她的脚像一个三角馒头，两条腿像两根木棍，装在空荡荡的裤管里，走起路来颤颤悠悠的，随时都有倒下的可能。

不一会儿，章二奶奶回来了，她的表情很落寞。我不知道发生了什么事，难道是兵娃子惹她不高兴了？我把手指伸进嘴里，小心地看着她。她说，二葵说车胎还没有补好，不过来了。她又说，以前没有车不是也一样过来了，现在有车了，没车就不出门了。她又说，还是以前好，大家都没有车，去哪里去都是走，路上一拨人又一拨人，热热闹闹的。她看看我，说，孙娃子，奶奶要你帮个忙，你去大林子、小林子家看看，看他们在家不。我点头答应。

我先去的小林子家。小林子有时会跟我玩，他妈妈不让他跟我玩，说跟我玩会变傻。小林子就偷偷跟我玩。我看见小林子，还有他爸爸爱军、妈妈阿珍，一家人正围在一起吃饭。我在他家门前走动，果然被小林子看见了，他跑出来问我有啥事。我指指他说，你奶奶，叫吃饭。他很为难地说，我妈不让我们去。他轻轻推我，说，你走，赶快走，被我妈看见了又会骂你了。我往大林子家走去。大林子家的大门锁着。这时喇叭响了起来。我循声过去。志清家已经开始吃酒了。我看见我父亲正在喝酒。大林子一家也在。爱国正在喝酒。我想进去又不敢进去，只好站在门外看着。哑巴华的妈妈看见了我，跟我母亲说，你家傻木木在外面呢。我母亲从桌上拿起两个油炸的红薯圆子向我走来，她说拿了吃去，晚上我给你带好吃的回来。

我又去了章二奶奶家。我发现我家大黄还在，它应该去志清家才对，那里的骨头更多。它趴在地上，眼巴巴地望着章二奶奶。章二奶奶看见我，脸色突然蜡黄得有些发紫，不知是不是被这冷空气给冻的，她迟疑地问我，大林一家呢？我说，都在吃席。章二奶奶又问，小林子一家呢？我说在屋里，吃饭饭。章二奶奶蹙起了眉头，眼皮却坠了下来，眼神也暗了下来。沉默半晌后，章二奶奶方才说，哦，鸭肉放在这里，等他们晚上过来吃。我盯着铁锅。章二奶奶把锅盖揭开，鸭肉的香味馋得我直流口水。章二奶奶从里面捞起一个鸭蛋，放在水里浸了浸，然后剥蛋壳。她知道我剥不了蛋壳。她把鸭蛋递给我。我接过来，整个往嘴里一塞。章二奶奶说，慢点吃，没人抢你的。我突然猛烈地咳嗽起来，蛋黄噎住我了，我脸涨得通红。章二奶奶忙用手拍我的后背，边拍边责怪地说，呛住了吧，叫你慢点吃你不听，呛住了吧。我好半天才舒过气来。章二奶奶又挑了一块鸭脖子给我，我后退两步，摇了摇头。她说，吃这个不会呛。我还是摇摇头，我眼睛盯着锅里的鸭腿。她说，这个可不行，鸭腿得留到晚上给大林子、小林子。我站在那里不动了。她看着我好久，想了想，用锅铲挑出一只鸭腿，轻声说，你只能吃这一个。你自己拿，拿好了，掉了我可不再给你了。我笑了，我战抖地伸过手去，紧紧地捏住鸭腿。我把鸭腿喂进嘴里时，章二奶奶的锅铲才从我下巴下面撤回去。这是我吃过最好吃的鸭腿。汁多，一咬，肉汁直往嘴里流，轻轻一撕，那鸭腿肉一丝丝的，不像一只老鸭子，肉细，还有嚼劲。鸭腿被我啃得只剩下一根骨头了，我还舍不得扔，把骨头舔了又舔，扔在地上。大黄一直盯着我，看见鸭骨头猛地扑过去，一口给咬住了。我又盯着铁锅看。章二奶奶说，不能给你吃了，晚上我家大林子、小林子要来，我拿什么给他们吃。我点点头，静静地坐在一旁，大黄也坐在一边，我盯着铁锅，大黄盯着我，时间长了，大黄觉得没意思了，低下头，趴在地上，眯起了眼睛。

　　雪粒是从傍晚时开始下的，章二奶奶仰起头看了看雪粒，又伸去接，雪粒落在手中，过一会儿就化为水了。她对我说，孙娃子，下雪了，大林子、小林子也不会来了，你也回去吧。我有些不舍。我看到章二奶奶翕动着凹陷的嘴唇，仿佛看到她有些伤悲，只是她没有跟我说，我知道她有很多话想跟我说，可能觉得跟我说起不到什么作用，抑或是天儿太晚了，她不想对我说了。她吃力地把铁锅、灶搬进了屋里，我看见灶里还有一星半点儿火光。她抬了抬那扇门，我知道她要关门了，许多跳跃的雪粒蹦到了她的床上，那扇门可以将雪粒挡在门外。

我走时，起了风，尖得很，吹得耳朵有些痛，那些雪粒落在地上啪啪响，跳动一下，才立住，有几粒雪粒打在我的脸上，有些痛，很快在脸上化成了冷雨。雪粒一般都下不大，谁都没有觉得它会酝酿成为一场大雪，只是觉得它来得有些突然，有些冷。人们早早关门休息了，除了志清家灯火辉煌，整个村子黑乎乎，槐树湾又沉寂了下来。

我回到家里，父亲、母亲还没有回来，他们这个时候肯定在志清家吃酒席了。我在家里随便找了点吃的，吃完就上床睡了。父亲与母亲回来时，是干涩的门轴发出吱吱声才把我弄醒，我掀开了被子。母亲又给我带回了好多好吃的，有喜糖，也有糖藕，还有拆骨肉。我想吃拆骨肉，我看了看父亲，我放弃了这个想法，拆骨肉是他的下酒菜。他满脸通红，不停地打着酒嗝，他肩膀上还落有一些白，我见了就感觉那凛冽的寒气直往我脖子里钻。我母亲剥了一颗糖给我，很硬，像一块玻璃，一点儿也不甜，我觉得没有章二奶奶家的大白兔奶糖好吃。母亲说吃了赶紧睡吧，都快十二点了。母亲又开始数落父亲，你们也是的，一个劲儿地劝酒，把人家志清都灌醉了，人家可是新郎官。父亲说，他一个做晚辈的，敬我们几杯酒怎么啦。醉就醉呗，在他自己家里有什么关系，再说不是刚娶了新姑娘，有人照顾他。父亲和母亲洗了把脸，又泡了一会脚，才上床睡觉，他们小声说着话，我听不清说些什么，不知不觉中我又睡着了。我是什么时候醒的呢？我不知道，我只听见我家大黄拼命地叫。我母亲也醒了，她推了推父亲，说，大黄一直在叫，不停地抓院子大门，撞得大门咚咚响。外面是不是有啥事？父亲不在乎地说，能有啥事？过年了，也不会有小偷。叫就让它叫去。我把头从被子里钻出来，看见外面红彤彤的，火光透过玻璃窗恍惚地溢进来。我指着窗子说，火，火火。母亲扭头一看，忙说，可不是咋的，哪里失火了？好大的火！母亲又说，在南边。父亲不耐烦地说，南边有谁，不就是章二奶奶嘛，烧就让它烧吧，她又没有什么值钱的东西。我母亲觉得也是，就没有说话了。

那晚，狗叫了一夜。

那晚，雪下了一夜。

那夜雪真大。人们说好多年没有见过这么大的雪了。

第二天早晨，我在一阵尖厉的哭声中醒来。父亲、母亲早已不在床上了，我穿上衣服，趿着棉鞋就往外走。雪真大，走在上面发出咯吱咯吱的声音。

我顺着嘈杂的声音向南走去。我一过去就发现气氛有些不对劲，人们没有为志清结婚的事儿高兴，反而流露出悲伤的神情。

章二奶奶的草棚子已化为灰烬。章二奶奶不见了踪影。那里黑漆漆的一片，还在冒着黑烟儿。阿芝和阿珍哭天喊地，我听见她们哭："我的亲娘哎！眼看着日子越过越好，你却一天福都没有享，撇下我们就走了！"她们哭："我的亲娘哎！你的心真狠，为啥走得这样匆忙，连最后一面也没有见上哟！"她们的哭声并没有渲染悲情的气氛，跟她们平时吵架时一样，歇斯底里，大林子、小林子手足无措地站在一旁。我看见她们俩哭得这么伤心反而觉得有些好笑。爱国、爱军默默地在黑色的余灰中清理东西。难道章二奶奶生前还藏有什么宝贝？我目不转睛地看着他们俩，我也特别希望他们能从里面找到宝贝。我失望了，全是一些铁丝、发夹、铁盒子、指甲剪之类，不值钱，卖废品人家指不定会要。

哑巴华看见我过来了，"啊啊"地向我走来，他"啊啊啊"地叫，我也不知道他在说什么。他走近了，我才听清他在说什么。他说，章二奶奶死了。我吓了一跳，昨晚还好好的，怎么一下子就死了。我说他胡说。他拉着我，我跟着他走过来，一股很浓郁的肉香味。我想到了那只白白胖胖的鸭子。哑巴华指着地上的一块白布，又"啊啊啊"。我定眼一看，脑瓜子嗡的一下子，人愣在了那里。地上果然有一具尸体，已烧得面目全非，已看不出是人还是其他什么东西。二葵紧紧抱着那具尸体，呜呜恸哭起来，像我家大黄被人打时发出的悲惨的叫声。她呜咽着，很伤心，很绝望，失去了母亲的孩子都会变成孤儿，那眼泪怎么也抑制不住，不停从脸庞滑落，从她悲切的表情上我已经得到了答案——那尸体就是章二奶奶。

棺材已打好了。很薄的板子，板子很随意，从颜色可以看出，东拼西凑的，十分扎眼。棺材很小，也很短，章二奶奶刚好可以睡在里面，她的腿可能伸不直，有一块板子被虫蛀过，那几孔大大小小的洞眼，像是故意留下来给章二奶奶透气的，这又让我觉得章二奶奶还没有死，她只是睡着了。爱国和爱军小心翼翼地将章二奶奶放进了棺柩里，盖上，抬起棺柩向墓穴走去。章二奶奶很瘦小，爱国、爱军两兄弟轻轻抬起，就像抬一具空匣子。请来帮忙的人想上前帮忙，手刚抬起又落下，踌躇不前。二葵扑上前，抱着那具薄薄的棺材号啕，很快被人拉开了，二葵哭着哭着就没有了声音，她把手指挖进了嘴里，像是要把喉咙里的声音挖出来。她突然浑身抽搐起来，像我平时发了病。人们把二葵架住了，有人用力地掐她的人中，好半天，她才醒过来，她喉咙里的声音终于出来了，像初学打鸣的公鸡，声儿刚出来就又止住了。阿芝、阿珍躺在地上打滚，死去活来的样子，洁白整齐的雪被她们给弄得凌乱不堪，好像她们不舍得章二奶奶这么离去。她们比二葵还要伤心，至少我看到是这样的。没有人上前拉她们，小声地议论着什么。

人们什么时候走的我都不知道，那块被清理的地方仍是黑漆漆的一片。我站在那里发呆。哑巴华叫了我几遍，我听见了却没有理他。我盯着那一片漆黑的地方。他看了看我，然后顺着我的目光也盯着那里，他可能觉得没什么看头，小声嘀咕"傻子"，丢下我，走了。我一个人傻傻地站在那里。人们都走了，谁又会在意我呢？我在槐树湾是一个被忽略的存在。我听见大黄的声音，它蹲在我脚边，呜咽着，好像在为章二奶奶而伤心，我看到它的眼里有泪光，似流不流的样子。我的眼泪却控制不住，一下子流了出来，我对大黄喃喃道，大黄，章二奶奶死了。大黄好像听懂了我的话，又呜咽了一声，然后垂下了头。这时志清家的喇叭又响了起来，雪就在喇叭声中跳起了欢快的舞蹈。

雪越下越大。一大片一大片地，在空中打着转儿，终归又无声地落了下来，白色的雪落在那一块黑色的地方，雪水一洇，变成了黑色的雪，很快一片又一片的雪花又落了下来，渐渐地，那黑色隐藏在白雪之下，白雪覆盖着白雪，眼前又是银装素裹的世界。那白雪过于真实，却让我觉得它越来越不真实。

那个冬天，我很少出门。后来，村子里的人说我越来越傻了。

河水向东流

到现在提起来，人们还觉得那天的天气热得有些怪异，人们都不愿意出门，可是谁又能料到青梅会顶着一团火去田里干活呢？要不也不会中暑栽倒在河里，要不也不会出那么一档子事，更不会有后面那些事情发生了。

槐树湾的七月，是昏沉沉的七月，只有快到晌午时，才被知了不知疲倦的叫声搅醒。它们千篇一律的曲子，透过树枝、树叶和阳光四处游走。树荫下蹲着三五个人在闲聊，只有那趴在地上的狗，还在酣然入睡。这时的槐树湾四处静悄悄的，偶尔能看见几个人，不是去集市赶集，就是下地干活，步伐匆匆，脸上的表情却是无精打采的，慵懒的。只有这天空是晴朗的，有新鲜的气息。

"妈妈，红梅小姨又来了。"妞妞在院子里大声嚷道，边喊边向青梅身上扑，仿佛见到鬼一样，紧紧地抱住了青梅的腿，还扭过头来瞪了红梅一眼。红梅心里咯噔一下，像凭空中了一箭，说不出是胸口还是腹部，莫名一疼。

青梅看到红梅，脸色一黯，吃惊地扬起眉毛，红梅这时候出现太出乎她的意料，她似乎没有做好心理准备。她毕竟是个很有自控力的女人，心里的波澜很快就恢复了平静。她低下头，严肃地批评道："妞妞，你怎么说话的！"而后一脸热情，笑着说："红梅，你来啦。"红梅感觉到那种笑脸不那么自然，而是礼节性的。妞妞躲在青梅身后，扑闪着两只大眼睛，用异样的眼光偷看红梅。孩子遇到了凶恶的狗才会这个样子，紧紧地躲在大人身后。红梅笑了笑。那笑容很勉强，但在这个时刻还必须笑一笑。妞妞以前很黏红梅，红梅次次来次次带好吃的东西，有人开玩笑地说红梅和妞妞的姨甥感情胜过了青梅和妞妞之间的母女感情。现在妞妞突然就不再黏她了，反而与红梅生分了。红梅认为下次多带一点好吃的就会黏她了，后来，红梅发现这样也不行，妞妞看她的眼神始终不对头，有一股凛冽的寒气，这孩子心里莫名生了隔阂，像缸子里的水结了层冰疙瘩。

"来啦。你不欢迎？"红梅带着挑逗性的微笑说，手轻轻地在腹部来回抚摸。

红梅的微笑让青梅有些恼。她的心抽紧了，嘴角依然堆着还没有散去的微笑，她知道世界上有各种各样的人，有各自的性格和脾气，红梅是她的妹妹，她是什么性格，她最清楚不过了。自从父母过世，姐妹俩相依为命。青梅是姐姐，更是娘亲。无论做什么，青梅都疼着护着自己的妹妹。记得红梅读小学五年级那年，与一个男同学发生争吵，两人打了起来。红梅打不过男孩，拿起钢笔就往男孩子的脸上戳，把男孩的脸都划破了，差一点扎中人家的眼睛。后来男孩家长到学校去闹，是青梅去学校道歉赔钱才把这事给平息了。红梅小时候闯祸多，次次都是青梅帮她平息的，为此，青梅受了不少委屈，挨了不少骂。青梅却拿她没办法，谁让她是自己的妹妹呢！我不帮她谁帮她呢？其实青梅的内心也很排斥红梅这种性格，有时对红梅的言行很不能理解，甚至恨得要爆发开来，但终究这是自己的妹妹，她硬是压制住自己，渐渐地对红梅的各种不端行为习以为常了。

"稀客！稀客！欢迎都来不及！"她笑着责怪道，"你个死丫头，一辈子嘴都不饶人。"她冲着屋里大声喊："东海，红梅来了哩。"

东海慢腾腾地出来，一副十分不情愿的样子，眼神躲躲闪闪，飘忽着，最终还是落在了红梅身上，悄无声息地看了一眼，很无力，眉头却深深地皱紧了，像有什么心事。他看了看青梅，搔了搔后脑勺，头屑纷纷落下，他掸了掸身上的头屑，慢吞吞地对红梅说："哦，红梅来啦。"语气像往常一样，不急不缓。他的眼睛落在了红梅的小腿上。这是一双苗条光洁的腿。东海看了一眼，头一垂，又进了屋，留给红梅一个背影。东海身体匀称修长，脸庞硬朗，三十来岁，是最稳重、最成熟的年龄。东海前几年率先在镇里种植巨峰葡萄，上过报纸电视，被称为"葡萄大王"，镜头上的他一尘不染，就算从葡萄园里出来也得齐齐整整，丝毫没有庄稼把式不修边幅的样子。那时的东海很风光，好多村都请他去搞葡萄种植、修枝、养护培训，是镇子里的能人！东海话不多，也正是因为话不多，反而更显得成熟、迷人。

红梅看着东海的背影一直到消失，冷冷地说："咦！一大家子好像都不欢迎我……我看我还是走好了。"红梅这样一说，弄得青梅不大好意思，嘴角抽动了一下，想了想，说："哦……你姐夫身体有些不舒服。"青梅的嗓音有些战抖，好像为自己的谎言感到不安，但说到"你姐夫"时却故意加重了语气，好像不加重语气就不能充分体现出姐夫的价值。

青梅从屋里端一把椅子出来。妞妞一直缠着青梅，就连她端椅子也没有松开手。红梅想起了自己小时候，青梅比她大八岁，那时的她就像妞妞现在这样，特别地黏青梅，青梅到哪里她就跟着到哪里。那时她们俩明为姐妹，更像母女，尤其是父母双双过世以后。红梅觉得姐姐这么爱自己都是应该的。红梅坐下，靠着椅背，双手放在肚皮上，跷起了二郎腿，脚不停地抖动，一副悠闲自得的样子，像在自个儿家里一样。是啊，这里不是自己家吗？青梅嫁过来后，她就把这里当成自己的家了，有些人就拿她和东海开玩笑，刚开始她有些恼，用脏话骂人家，甚至拾起石头往人身上扔。后来，习惯了，也不恼了，还冲人一乐。人们反而不再开这样的玩笑了。

青梅的目光像一只苍蝇飞来飞去，最后落在了红梅白嫩嫩的小腿上。一个女人盯一个女人的小腿，是一件十分别扭的事情。红梅不好意思地往下拉了拉裙角，手一松，裙子旋即又缩了回去，红梅试图再次往下扯，手捏住了裙角，想了想，又放弃了。她的眼睛转向别处，打量着这个院子。这个院子对于红梅来说再熟悉不过了。院子里有她的步伐、她的身影、她的笑声。每次她来都会给妞妞带薯片、甜薄脆、旺仔牛奶呀一大堆零食，怎么说她也是妞妞的小姨，空着手来不像话。妞妞最近突然不喜欢她了，还莫名其妙地对她产生了恐惧。红梅也没有在意。红梅在意过谁？红梅的性格与青梅迥然不同，认识她们的人都怀疑她们不是一个妈生的。怎么说呢？青梅性格要温和一些，说话做事瞻前顾后，小心谨慎；红梅要泼辣一些，做事情不想那么多，做了再说，从不会去考虑和计较什么后果。现在妞妞的样子却让红梅有些心虚，给她买东西有点投其所好，这在以前对于红梅是不可想象的。

青梅从堂屋里端出一个搪瓷缸子递给红梅，柔声说："红梅，你喝水。"红梅接过来，轻轻吹了吹浮在上面的茶叶，喝了两口，又忙把搪瓷缸子放在身边的一把椅子上。缸子放在了椅子上，她的目光立即被搪瓷缸子吸引住了。那上面花团锦簇，红色的花朵一朵挤着一朵，她轻轻地转动了一下，花朵的另一面是一个双"喜"字。她想起来了，那是青梅当年结婚时买的。青梅买了两个一模一样的搪瓷缸子。还买了一个托盘。缸子放在托盘上面，端开水时不易烫着手，托盘也可以当水果盘用，放一些瓜子、水果、糖之类的，平时家里来客人了或是过年时用，经济实用，也上得了场面。那个红彤彤的托盘好久没有见到了，不知是不是打破了，还是放在哪个无人关注的角落了。她又轻轻地转动了一下搪瓷缸子，那粉红色的花再一次映入眼帘。这是牡丹花，五片肥大的倒卵形花瓣，顶端呈不规则的波状，重重叠叠，一瓣压着一瓣，花色艳丽，富丽堂皇，花蕊细长欲滴，还有密密匝匝的柔弱细毛。因为长得过于肥硕，细细的枝条仿佛不堪重负，摇摇晃晃的，险些从搪瓷缸子上面掉下来。叶面绿色，背面淡绿色，还带有白粉，叶脉处生有短短的细细的柔柔的毛，像妞妞脸上、脖子上的绒毛。在艳丽的花儿面前，绿叶有些自惭形秽地垂下来，它没有打算去抢花儿的风头，而花瓣儿不依不饶，把它死死压在下面。那粗壮的茎安于现状，默默无闻地被层叠的花瓣和绿色的叶子遮掩，如果不注意险些看不出来。就像现实生活的本质，凭借肉眼不能看清……搪瓷缸子下面已碰掉了几块瓷，露出黑色的铁皮，黑黝黝的，像一块块伤疤，看着有些发怵，也不知为了什么。

红梅正入神。

青梅轻声问："红梅，吃饭了没？"

红梅吓了一跳，忙不停地抚摸着肚子。她一副病恹恹的样子，有气无力地说："吃不下。"红梅说这话时，眸子光亮，一闪一闪的，很有成就感。

青梅的目光停留在红梅的肚子上。空气有点儿稀薄，青梅有一些窘迫，尴尬地笑了笑。她能体会到红梅这份咄咄逼人的气势。当年她怀妞妞时也有这种感觉，整个人雄赳赳气昂昂，虽然她觉得很难为情，走出去觉得人人都在看着她，但是她的气势那样肆无忌惮溢了出来，遮也遮不住。所以她很少出门，就是现在她也很少串门子，她觉得这样挺好，少了许多是非。红梅恰恰相反，像一支矛，这些年攻城略地收获颇丰，而她则是一把盾，处于防守的位置，丝毫没有招架之功，更没有寸步不让的勇气。无论干什么事都龟缩在自己的家里，或者说蜷缩在自己的内心，生怕别人会一声不吭地闯进来。年轻时为红梅背锅的勇气无影无踪，她像是剥被去了鳞片的穿山甲，只剩下软绵绵的躯体。

东海拿了两把锄头出来，蹲在大门旁的磨石边，右手伸进洗脸盆里，把水往磨石上浇，磨石打湿了，他把锄头竖起来，把儿朝着天，双手握住锄头在磨石上来回磨，发出呼哧呼哧的声音。锄头丝毫没有一点锈迹，刀口银光闪闪，泛着夺目的光芒。红梅从眼角里看到东海蹲在那里，双手一推一拉地来回磨动，臀部随着起伏，翘起来，落下去。红梅嘴角露出一丝不易觉察的微笑。

东海磨完锄头，看着门外，说："红梅，你在家里坐，我们去沙洲上薅草。"那话说出来了，点了名字却没有眼神的交流，这样就有些不太礼貌了。红梅应也不是，不应也不是，她好像有意要让东海难堪，呛声道："怎么，是不是不欢迎我？我一来你就要出门干活，怎么说我也是客！"

东海显然没有料到红梅会这样说，张大嘴，傻愣愣的，两把锄头杵在地上，把柄靠在肩上，手也不知往哪儿放，在把儿中间来回摩擦着，那把儿更加亮了。从把儿的光度可以判定是一把久远的锄头。明明在自己家，东海却像在外做客一样拘束。青梅笑着解围："你这个死丫头，连你姐夫也开玩笑。"青梅解释道："前几天下了雨，洲上那几亩地墒情好着呢，草也呼呼地长，它们在跟花生争着抢墒呢，趁着墒情好我们得赶紧把草除一下。"

红梅慢腾腾地站了起来。"我也去！"红梅说，态度非常坚决，"那我也跟你们去。"

一股冷气袭了过来，像从温暖的房间突然走进了寒冷的冬日，青梅有些不安了，她想打喷嚏，连抽了好几下鼻子，鼻翼轻轻扇动，那喷嚏却没有打出来。青梅说："洲上没有树荫，太阳毒得很，花生秧都晒蔫了……"红梅插话道："你们都走了，我一个人在这里连个说话的人都没有，太没意思了，还是跟你们一起吧，还能帮你们拔一点草。"东海说："你在家里陪妞妞吧。"红梅撇着嘴说："哼，还妞妞呢，她现在也不喜欢我了，见了我就躲，好像我要吃了她一样。"

青梅知道多说无益，怔了一下，扭身走进里屋去换衣服。床上的大红被褥温暖着呢，像一团燃烧的火。这一床被褥就是红梅帮她挑选的。青梅的目光停留在被褥上，思绪如火烧，买嫁妆的场景又浮现在脑际。那天离正期还有一个月的时间，青梅去城里置办嫁妆。红梅替她选了一床红彤彤的拉链被罩，是时下最流行的，青梅也很喜欢。被罩是全棉纱卡布料，上面绣的是鸳鸯戏水图，还有"永结同心"四个红字，也是绣上去的。青梅轻轻抚摸着那一对鸳鸯，脸红彤彤的，她盯着"永结同心"四个字入神。

她缓缓坐在床沿上，轻轻抚摸着这床红红的被罩，被罩已没有了当初的那份柔滑，手指触摸在被罩上，一阵清凉。再好的被子离开了人的体温，也是毫无生气的，冰冷的，甚至是凄凉的。它不会自己温暖自己。此时的她多想躺在床上，什么也不用管，什么也不去想。不知什么时候她的眼泪滑了下来，她用被子拭去眼角悄然滑落的泪水，泪水反而更加汹涌了。这段时间，她常半夜里惊醒，睁大双眼无法入睡。视线被汩汩溢出的泪水阻挡，看什么都是模糊的，虚无的，她经常在梦里哭，有时会哭出声来，更多是没有声音，哭着哭着就醒了，醒来后发现满脸的泪水，枕头也湿了半截。她的眼泪只能在梦里流，只能在夜晚流，只能在没有人注意时流。白天，她不能哭，就算心里再苦再难受，她也不能哭。有一天晚上，她默默地流泪，突然有一只手帮她拭去脸上的泪水，她以为是东海，睁眼一看，东海依旧酣然入睡，黑暗中妞妞静静地俯身在看着她，两只肥嘟嘟的小手正在帮她擦拭眼泪。她什么也没说，紧紧地抱住妞妞。

东海在院子里催促："青梅，弄好了没有？"

青梅蓦然地站起来，用袖子抹干泪水，又抽了一下鼻子，把鼻水甩掉，赶紧换了一身衣服。穿衣柜镜子里的青梅瘦了好多。裤子是怀妞妞时买的，现在穿起来像一只巨大的麻袋。褂子是淡红色的小礼装，有一些发白，这件衣服是出嫁时穿的，嫁过来后几乎天天穿，由最初的深红色变成了现在这个颜色。

红梅两眼发直地望着青梅，见她这身打扮，抿嘴笑了。

东海见怪不怪了，这时他明显想调节一下气氛，想了想说："你姐这身打扮是不是很港？"

青梅捋了捋披下来的头发，笑着说："干活的人，哪有那么多讲究？"她从东海手里接过一把锄头，迈步向前走去。东海和红梅紧紧地跟在后面。

锄头扎进沙地里，发出轻柔的"沙沙"声，有时会磕上一粒小小的砂石，咯噔一下，锄头斜斜地扎进沙土里，又发出"沙沙沙"的声音，像吃东西嚼了一把沙子，心里不是个味儿。

日头在头顶挂着。刚开始是暖和的，慢慢就感觉有些热了，接着就有些烤人了。沙土被烈日炙烤得已经发了烫。青梅一直在前面锄草，小心翼翼地，生怕踩倒了生机勃勃的花生秧，一根草长在一株花生秧中间，锄头下不下去，她只好弯下腰拔那根草，她从两腿间突然看见另一幅图景，东海与红梅两人正在对视，草帽下的脸黑魆魆的，在苍白的阳光下晃动，似幽灵，红梅的脸上溢满了笑意，从未有过的鲜艳，她产生了一种惊惶不安的预感。东海的眼神是那么熟悉。她已好久没有看到过这样的眼神了。近段时间，东海的眼神是游离的，飘浮的，躲躲闪闪的，好像在看你，又好像不是，让人不能确定。红梅已经是一个大姑娘了，也就是一眨眼的工夫，就长大了。这段时间她很恍惚，像是做了一个梦，现在这场景试图在印证青梅前段时间的猜测。她的血管剧烈地跳动起来，整个人像散了黄的鸡蛋，眼也没神了，心也没边了，锄草的速度不知不觉地也慢了下来。东海好像觉察到了，仿佛看到了她忧郁的表情。东海看了一眼青梅瘦弱的身子，脸有些红了，垂下头薅草。红梅仍是一副无所谓的样子，半蹲下来扯着草，她现在已不能全蹲了，那样更吃力，她扯着扯着就停顿下来。她很吃力地站起来，看了看阳光，又看了看花生地，一大片，仿佛看不到头，她没有心思扯草了。

"青梅，你家的花生是多少亩呀？"

"三亩多。"

"那要薅到啥时候？"

"人怕活，活怕磨。我跟你姐夫两人用不了三天就薅完了。"

"我看够呛，这么大一片。"

"前面那里有棵小桑树，是我们与另一家的田界，你看，没有你想象得那么多。"

"我在说哩，这么大一片什么时间干得完，如果到那个桑树那里还差不多。"红梅说，"那也不少。"

说话是有一搭没一搭的，突然间一阵可怕的沉默，周遭一片沉寂，只有锄头扎进沙土里摩擦的声音。沙沙，沙沙沙。以前两姐妹是无话不说的，也不知道是哪一天，青梅突然就觉得有些不正常了。她自己也不相信，还一直在为自己找借口，她认为是自己想多了，她试图像往常一样，可是她失败了，内心那道坎始终无法迈过去，彼此之间始终有一段不知如何弥合的距离，这段距离正在渐渐扩大，每扩大一点青梅内心就会更加难受。她装着不动声色的样子，若无其事的样子，她在拼了命地说服自己。每一次强迫说服自己都越发困难。到了晚上自己跟自己做斗争，夜晚越来越长，好像朦胧的暮色不易散去，好不容易度过这个漫长、寂寞、苦恼的夜晚，等到了白天，却就是那么一瞬，转眼就过去了。

青梅站直身子，眺望远方，碧绿的花生秧匍匐在轻风的怀里摇摆，两只白鹭在河边悠闲地寻觅食物。四周一片沉寂。一只白鹭预感到青梅正在看它，它停了下来，伸长脖子四处张望，突然张翅腾飞，另一只也跟着起飞，它们在空中茫然盘旋着，似一对夫妻正在寻觅自己的孩子，什么也没有，而后失望地向远处飞去，很快就变成了两个白点。只剩下美丽的蓝天，朵朵白云悠然地浮在上空，一动不动。她出了一会儿神，眼前又是一片碧绿。

早上的清凉正在消退，暑热从四面八方慢慢升起来，一点点地升上来，透过地面，透过花生秧的空隙，透过衣服，慢慢地向身体渗透，唯一徒劳无功的还击就是汩汩地流汗。她汗流涔涔，额头上的汗顺着脸往下流，浸湿了她衣服的衣领、背部、前胸。她从来没有感到过生活像今天这样苦，整个口腔、舌头全是苦味，她想哭，或者说她已经在哭了，只是没有眼泪，也没有声音。她尽量控制自己的情绪，手中锄头的起落很有节奏，不慌不忙地、一前一后地挥动，那些杂草意识到了危险，纷纷摇晃着躲避，却无法回避锄头的锋芒，唰唰地倒下。

沙洲已全部垦为良田，没有树木，也没有芦苇，没有阴凉的地方。庄稼人不怕日头，再毒辣的日头也不怕，一顶破草帽可以抵挡一个夏季的太阳，最担心的反而是怕心爱的庄稼受不了阳光的肆虐。阳光透过草帽晒红了红梅的脸，她没有吃过这方面的苦，不像青梅从小就撑起半个家，洗衣、做饭、喂猪干农活，样样拿得起放得下，嫁到东海家后，与东海共同承担家庭重担，从没落下哪一项，说起来村里人哪一个不竖大拇指。红梅埋怨地说："晒死了，早知这样就不跟你们来了，已经晌午了，还不回去？"红梅的声音打破了沉寂的空气，但是青梅仍然像没有听到一样，锄头像一条蛇在花生秧之间呼呼游走，所到之处，杂草纷纷倒下。红梅看了看东海，东海注视着青梅，青梅默不作声，这时她的眼睛里只有杂草。东海说："青梅，要不我们回去吧，也该回去做午饭了。"青梅头也不回，嘴上应道："好的好的。"她又薅了一会儿，才停住，回过身去，眼睛没有看红梅，也没有看东海，现在她一看见他们就会觉得浑身不自在。她尽可能装着从容自在，她决不会张口问长问短，更不会大吵大闹，那才是非常糟糕的做法。但是，那念头在她脑子里折腾，就像孙猴子钻了进去，刺痛了五脏六腑，刺痛了根根神经。她随时都有撑不住的可能，随时都有号啕大哭的可能，她强忍着，极力掩饰。不过，她的拙劣的演技瞒不了知道真相的人，什么都摆在那里，好在心知肚明，像针躲着气球，大家都小心地避让着，万一不小心撞上了，捅破了，是大家的难堪。

他们沿着河边往回走，身后传来红梅小声的"咴咴"的笑声，不用回过头去她也知道是什么样的场景。她可以控制自己的眼睛，却无法控制自己的耳朵，以前熟悉、亲切的声音现在听了却让她感到厌恶，一种无可名状的恐惧攫住了她的心，她不想听到这种声音，偏偏又争气地静静地谛听着，连声音间隔里的喘息也不曾错过。她急促地迈动双腿，想早一点回到家里。她知道他们正盯着她，她感到千万条虫子在皮肤下面窜动。她觉得自己是这个世界上最多余的人。她无意中加快了步伐。

经过长满青苔的河阶梯时，她小心翼翼地走着，而后选择一个河水更清澈的地段停下，蹲在石阶边上洗手，手上有污泥，也有青草的颜色。她盯着手看，像是在打量别人的手，手搓了一遍又一遍，好似手上有洗不尽的肮脏污渍。她对着河水心中自问："这是我的手吗？"这分明是一双老年人的手。手上老茧横陈，指甲盖闪着黄色的光，指甲缝隙里有黑色的尘垢。她看世间万物都是肮脏的颜色，只有这河水才是清澈、干净的。湛蓝的天空和大片的白云在河里漂浮，强烈的阳光在河水里也温柔起来，加上冰凉的河水刺激着双手，丝毫感觉不到身上的灼热。东海和红梅蹲在另一边，三个人分隔的距离相当，谁也不知道是无意还是刻意，他们始终保持一定的距离，像是表演给大家看。红梅用手掬了一点水，正要浇向东海，眼睛一下子瞄到了青梅，手里的水从指间哗啦啦地洒漏，惊得一群小鱼儿四处逃散。河水看似平静舒缓地流淌，谁又能看清河底涌动的暗流。心事重重的河水照着心事重重的人。河水在阳光的照射下发出闪亮的光，那光芒一闪一闪的，像万千条鱼儿在水中游动。青梅的脸上丝毫没有怨恨的神情，只是显得有些忧郁、悲伤。东海不敢看她，他怕看见她哀伤的眼神。尽管青梅处处在竭力维护，不给他难堪，他还是觉得更加难堪，但他已无法回头。

她站起来了，血直往头上冲，她感到一阵眩晕，身体不受控制地摇晃起来，东海忙小跑过来搀扶，青梅本能地伸出了手，她已经抓住了东海的手，但又松开了。青梅的举动让东海不能理解，目瞪口呆地看着青梅直挺挺地扎进了河水里。冰凉的河水让青梅清醒了一些，她在河水里扑腾着，刚要张口，也不知是要呼救还是想对东海说些什么，河水就涌了过来，把青梅的呼救声灌进了肚里。东海正欲跳下去，被红梅死死地拽住，他用力扳红梅的手，红梅的手指咯咯发响，却没有松开。他大声喝道："你想干什么？"他怒视着红梅，红梅没有说话，目光毫不畏惧地迎了上去。红梅的脸毫无表情，像一块凝固的冰块。他们就这样对视着，最终，他败了下来，眼睛垂了下来，当看到红梅微微凸起的肚子时，手一下子垂了下来，头也垂得更低了。他想，一切都过去了。他们也有床笫之欢，也有笑声吵闹，一起起早贪黑地劳作，一起逗妞妞，这些统统都成了过去。他感觉这一切都是幻觉，像一场梦，什么也没发生，什么也没有了。他无力地叹息一声。

青梅仍在河水里挣扎，眼神里没有惊恐，像是盛满了期盼。东海蔫了，他不敢看青梅，又不舍得离开，两滴浊泪从眼眶里滚出，轻轻划过脸颊。她双手还在抓着什么，什么也没有抓住，河水被激怒了，不停地激起浪花。浪花越来越小，直到没有。

东海与红梅对视了一下，什么也没说，又一起向河水看去，河水平静如初，缓缓地向东流去。

一切都结束了。

红梅心甘情愿地嫁给东海做填房。红梅说，妞妞那么小，她不能没有妈妈。

红梅嫁给了东海。这是最好的结局，既是非常意外的结局，也是人们想要的结局。村里的人都夸红梅人年轻，好看，心肠好。

东海好像一直没有走出失去青梅的阴影，像一只孤独的鸟，郁郁寡欢，不大爱搭理人，有时会傻傻地笑。葡萄园荒废了。葡萄藤长得很粗壮却不结葡萄，葡萄树下长满了杂草，村里的人、镇上的人很难再吃到东海的葡萄了。有人去东海的葡萄园摘过葡萄，一吃，直吐舌头，都说葡萄没有以前的那个味儿了，酸，涩，苦。村里的人、镇上的人虽然为吃不到昔日好吃的葡萄而感到可惜，但是提起东海都竖起大拇指，说他是个有情有义的好男人。东海对红梅很冷淡。红梅每天都寻着找着跟他说话，东海也不怎么搭理。刚开始，村里的人都说东海心里放不下青梅，后来都骂他身在福中不知福，狗坐轿子不识抬举。

妞妞很不喜欢红梅，甚至非常仇视。她看到红梅是侧着身子走的，从来不拿正眼看红梅，那眼睛白多黑少。红梅嫁过来，妞妞没有喊过她一声。不论是妈妈，还是小姨，一声也没有，尽管红梅对妞妞很好，胜如己出。村里的人都骂妞妞身在福中不知福，狗坐轿子不识抬举。

后来，红梅莫名其妙地疯了。

红梅见了人就说："好大的水呀，青梅在水里，她一直在喊我。"

说完了，又是哭又是笑的，人们也搞不清楚她到底是哭还是笑。

村里的人都惋惜地说：这么好的妮子，咋说这样就这样了呢？这么好的一个家，咋说败就败了呢？

这事有些蹊跷，又找不到一个合理的解释，村里的人只好说是东海家的风水出了问题，就像当年红梅一个黄花大姑娘硬要嫁给东海做填房，既觉得是一件非常圆满的事情，又觉得有些匪夷所思。

这么多年过去了，人们还是有些迷惑不解。提起来除了叹息好像也不知说什么合适。

后　记

　　这是我最近写的部分短篇小说，准确地说，是 2019 年写的部分小说，从中挑选了一些出来。在这些小说中，我会提到一个地名——槐树湾。我没有打造自己文学版图的意识，我在文学创作上也没有规划，并没有效仿那些大家的意思，把所有的文字局限在方块之地上，我只是把一些人、一些事安置在这样的一个空间里，这样我就可以无穷地写下去，甚至可以一直这么写下去。

　　这部书共两个中篇、五个短篇，当然还有其他的一些小说没有放进来。把这些小说合集是需要勇气的，好也罢，坏也罢，都留给读者评判吧！很难想象，在一年时间内，或者说半年时间内我写出这些文字，并且这些小说全是我利用周末时间写的。把书房的门关上，就像一个孕妇走进了产房，生出的孩子以后有没有出息，能不能为社会做出贡献，这些都是未知，内心难免五味杂陈。我只是把自己知道的或是想象的描写出来，我不知道这样能不能达到读者想要的效果，但我觉得庸常生活有庸常生活的美，笨拙的文字有质朴的美。但愿读者能喜欢这个集子。

　　说起这本集子，不得不感谢著名作家、诗人远人兄，正是他一直在一旁督促、鞭策，才有了这些文学作品。近朱者赤，近墨者黑。这话是非常有道理的。自从认识远人兄后，在文字上一直处于"枕于安乐"状态的我，竟然变得勤奋起来。必须承认，我是从骨子里爱好读书的，只是因为工作和生活压力的不断施压，书渐渐读得少了，为不读书找了许多借口，工作太忙、没时间，平时下班了呼朋唤友、抱着手机，占去了所有的工余时间。自认识远人兄后，他对待读书作文的态度让我羞愧不已，正是因为受到远人兄的影响，他用他自身散发的一股巨大的力量推动着我。我许多应酬推了，自己也能挤出一些时间了，这些挤出来的时间让我可以与远人兄等一众文友近距离地学习，耳鬓厮磨，辅车相依，也让我读了许多的书，把过去想读或是没有读完的书重新读了，把自己心中酝酿已久的文字写了。

　　本书承著名作家陈武、文化名人崔付建予以肯定，因为他们的精心策划和鼎力相助，我才有机会出版本书，在此一并表示感谢。此外，也得到了拙荆的大力支持，使我以孤舟之状毫无羁绊地在文海里向前奋进。最后，我还要感谢打开本书而素昧平生的读者，无论读还是未读，只要你的双手曾触碰到此书，我都要向你送去我真诚美好的祝愿。

汪破窑
2020 年 6 月 1 日于深圳